Benito Pérez Galdós

Episodios nacionales II
Los cien mil hijos de san Luis

Barcelona **2024**
Linkgua-ediciones.com

Créditos

Título original: Episodios nacionales II. Los cien mil hijos de san Luis.

© 2024, Red ediciones S.L.

e-mail: info@linkgua-ediciones.com

Diseño de cubierta: Michel Mallard.

ISBN tapa dura: 978-84-1126-346-7.
ISBN rústica: 978-84-9007-292-9.
ISBN ebook: 978-84-9007-254-7.

Sumario

Brevísima presentación

La obra

Los cien mil hijos de san Luis es la sexta novela de la segunda serie de los *Episodios Nacionales* de Benito Pérez Galdós.

En la anterior novela *7 de julio* habíamos visto cómo Salvador Monsalud, uno de los protagonistas de esta segunda serie de los *Episodios Nacionales*, se iba de casa, después de interminables dudas, con una mujer desconocida, que suponíamos la mujer de un marqués y antigua amante suya. Pues bien, en *Los cien mil hijos de san Luis*, nos enteramos de que la mujer con quien había finalmente huido era Genara de Barahona, su antigua novia, casada con el guerrillero don Carlos, y separada posteriormente. Será precisamente esta Genara quien emprende la narración que, en esta novela, adopta la forma de memorias. Heroína romántica, de extremadas pasiones que oscilan constantemente entre el amor y el odio. Corre el año 1823. Genara acompañará a las tropas francesas llamadas «los cien mil hijos de san Luis», desde París hasta Cádiz, siempre a la búsqueda de su enamorado. Pero el destino es muy cruel y, por una razón u otra, fracasarán todas las citas y encuentros previstos. Mientras, el último reducto liberal, Cádiz, acaba cayendo en manos del ejército francés y las fuerzas absolutistas de Fernando VII. Es el fin del Trienio Liberal.

Prólogo

Para la composición de este libro cuenta el autor con materiales muy preciosos. Además de las noticias verbales, que casi son el principal fundamento de la presente obra, posee un manuscrito que le ayudará admirablemente en la narración de la parte o tratado que lleva por título *Los cien mil hijos de San Luis*. El tal manuscrito es hechura de una señora, por cuya razón bien se comprende que será dos veces interesante, y lo sería más aún si estuviese completo. ¡Lástima grande que la negligencia de los primeros poseedores de él dejara perder una de las partes más curiosas y necesarias que lo componen! Solo dos fragmentos, sin enlace entre sí, llegaron a nuestras manos. Hemos hecho toda suerte de laboriosas indagaciones para allegar lo que falta, pero inútilmente, lo que en verdad es muy lamentable, porque nos veremos obligados a llenar con relatos de nuestra propia cosecha el gran vacío que entre ambas piezas del manuscrito femenil resulta.

Este tiene la forma de *Memorias*. Su primer fragmento lleva por epígrafe *De Madrid a Urgel*, y empieza así:

I

En Bayona, donde busqué refugio tranquilo al separarme de mi esposo, conocí al general Eguía[1]. Iba a visitarme con frecuencia, y como era tan indiscreto y vanidoso, me revelaba sus planes de conspiración, regocijándose en mi sorpresa y riendo conmigo del gran chubasco que amenazaba a los franc-masones. Por él supe en el verano del 21 que Su Majestad, nuestro católico Rey don Fernando (Q. Don G.), anhelando deshacerse de los revolucionarios por cualquier medio y a toda costa, tenía dos comisionados en Francia, los cuales eran:

1.º El mismo general don Francisco Eguía, cuya alta misión era promover desde la frontera el levantamiento de partidas realistas.

2.º don José Morejón, oficial de la secretaría de la Guerra y después secretario reservado de Su Majestad, con ejercicio de decretos, el cual tenía el encargo de gestionar en París con el Gobierno francés los medios de arrancar a España el cauterio de la Constitución gaditana, sustituyéndole con una cataplasma anodina hecha en la misma farmacia de donde salió la Carta de Luis XVIII.

Yo alababa estas cosas por no reñir con el anciano general, que era muy galante y atento conmigo; pero en mi interior deploraba, como amante muy fiel del régimen absoluto, que cosas tan graves se emprendieran por la mediación de personas de tan dudoso valer. No conocía yo en aquellos tiempos a Morejón; pero mis noticias eran que no había sido inventor de la pólvora. En cuanto a Eguía, debo decir con mi franqueza habitual que era uno de los hombres más pobres de ingenio que en mi vida he visto.

Aún gastaba la coleta que le hizo tan famoso en 1814, y con la coleta el mismo humor atrabiliario, despótico, voluble y regañón. Pero en Bayona no infundía miedo como en Madrid, y de él se reían todos. No es exagerado cuanto se ha dicho de la astuta pastelera que llegó a dominarle. Yo la conocí, y puedo atestiguar que el agente de nuestro egregio Soberano comprometía lamentablemente su dignidad y aun la dignidad de la Corona, poniendo en manos de aquella infame mujer negocios tan delicados. Ella asistía la tal a las conferencias, administraba gran parte de los fondos, se entendía directa-

---

1   Puede verse el retrato de este personaje en las *Memorias de un cortesano de 1815*. (N. del A.)

mente con los partidarios que un día y otro pasaban la frontera, y parecía en todo ser ella misma la organizadora del levantamiento y el principal apoderado de nuestro querido Rey.

Después de esto he vivido muchas veces en Bayona y he visto la vergonzosa conducta de algunos españoles que sin cesar conspiran en aquel pueblo, verdadera antesala de nuestras revolucione, pero nunca he visto degradación y torpeza semejantes a las del tiempo de Eguía. Yo escribía entonces a don Víctor Sáez, residente en Madrid, y le decía: «Felicite usted a los franc-masones, porque mientras la salvación de Su Majestad siga confiada a las manos que por aquí tocan el pandero, ellos están de enhorabuena.»

En el invierno del mismo año se realizaron las predicciones que yo, por no poder darle consejos, había hecho al mismo Eguía, y fue que habiendo convocado de orden del Rey a otros personajes absolutistas para trabajar en comunidad, se desavinieron de tal modo, que aquello, más que junta parecía la dispersión de las gentes. Cada cual pensaba de distinto modo, y ninguno cedía en su terca opinión. A esta variedad en los pareceres y terquedad para sostenerlos llamo yo enjaezar los entendimientos a la calesera, es decir, a la española. El marqués de Mataflorida[2], proponía el establecimiento del absolutismo puro; Balmaseda, comisionado por el Gobierno francés para tratar este asunto, también estaba por lo despótico, aunque no en grado tan furioso; Morejón se abrazaba a la Carta francesa; Eguía sostenía el veto absoluto y las dos Cámaras a pesar de no saber lo que eran una cosa y otra, y Saldaña, nombrado como una especie de quinto en discordia, no se resolvía ni por la tiranía entera ni por la tiranía a media miel.

Entretanto el Gobierno francés concedió a Eguía algunos millones, de los cuales podría dar cuenta si viviese la hermosa pastelera. Dios me perdone el mal juicio; pero casi podría jurar que de aquel dinero, solo algunas sumas insignificantes pasaron a manos de los pobres guerrilleros tan bravos como desinteresados, que desnudos, descalzos y hambrientos, levantaban el glorioso estandarte de la fe y de la monarquía en las montañas de Navarra o de Cataluña.

---

2   Conocido por don Buenaventura en las *Memorias de un cortesano* y en *La segunda casaca*. (N. del A.)

Las bajezas, la ineptitud y el despilfarro de los comisionados secretos de Su Majestad, no cesaron hasta que apareció en Bayona, también con poderes reales, el gran pájaro de cuenta llamado don Antonio Ugarte, a quien no vacilo en designar como el hombre más listo de su época.

Yo le había tratado en Madrid el año 19. Él me estimaba en gran manera, y, como Eguía, me visitaba a menudo; pero sin revelarme imprudentemente sus planes. Desde que se encargó de manejar la conspiración, seguíala yo con marcado interés, segura de su éxito, aunque sin sospechar que le prestaría mi concurso activo en término muy breve. Un día Ugarte me dijo:

—No se encuentra un solo hombre que sirva para asuntos delicados. Todos son indiscretos, soplones y venales. ¿Ve usted lo que trabajo aquí por orden de Su Majestad? Pues es nada en comparación de lo que me dan que hacer las intrigas y torpezas de mis propios colegas de conspiración. No me fío de ninguno, y en el día de hoy, teniendo que enviar a Madrid un mensaje muy importante, estoy, como Diógenes, buscando un hombre sin poder encontrarlo.

—Pues busque usted bien, señor don Antonio —le respondí—, y quizás encuentre una mujer.

Ugarte no daba crédito a mi determinación; pero tanto le encarecí mis deseos de ser útil a la causa del Rey y de la Religión, que al fin convino en fiarme sus secretos.

—Efectivamente, Jenara —me dijo—, una dama podrá desempeñar mejor que cualquier hombre tan delicado encargo si reúne a la belleza y gallarda compostura de su persona un valor a toda prueba.

Enseguida me reveló que en Madrid se preparaba un esfuerzo político, es decir, un pronunciamiento, en el cual tomaría parte la Guardia real con toda la tropa de línea que se pudiese comprometer; pero añadió que desconfiaba del éxito si no se hacían con mucho pulso los trabajos, tratando de combinar el movimiento cortesano con una ruidosa algarada de las partidas del Norte. Discurriendo sobre este negocio, me mostró su grandísima perspicacia y colosal ingenio para conspirar, y después me instruyó prolijamente de lo que yo debía hacer en Madrid, del arte con que debía tratar a cada una de las personas para quienes llevaba delicados mensajes, con otras muchas particularidades que no son de este momento. Casi toda mi comisión era enteramente confidencial y personal, quiero decir que el conspirador me entregó muy poco papel escrito; pero, en cambio, me repitió varias veces sus instrucciones para que, reteniéndolas en la memoria, obrase con desembarazo y seguridad en las difíciles ocasiones que me aguardaban.

Partí para Madrid en febrero del 22.

II

Emprendí estos manejos con entusiasmo y con placer; con entusiasmo porque adoraba en aquellos días la causa de la Iglesia y el Trono, con placer porque la ociosidad entristecía mis días en Bayona. La soledad de mi existencia me abrumaba tanto como el peso de las desgracias que a otros afligen y que yo no conocía aún. Con separarme de mi esposo, cuyo salvaje carácter y feroz suspicacia me hubieran quitado la vida, adquirí libertad suma y un sosiego que después de saboreado por algún tiempo, llegó a ser para mí algo fastidioso. Poseía bienes de fortuna suficientes para no inquietarme de las materialidades de la vida; de modo que mi ociosidad era absoluta. Me refiero a la holganza del espíritu que es la más penosa, pues la de las manos, yo, que no carezco de habilidades, jamás la he conocido.

A estos motivos de tristeza debo añadir el gran vacío de mi corazón, que estaba ha tiempo como casa deshabitada, lleno tan solo de sombras y de ecos. Después de la muerte de mi abuelo, ningún afecto de familia podía interesarme, pues los Baraonas que subsistían, o eran muy lejanos parientes o no me querían bien. De mi infelicísimo casamiento solo saqué amarguras y pesadumbres, y para que todo fuese maldito en aquella unión, no tuve hijos. Sin duda Dios no quería que en el mundo quedase memoria de tan grande error.

Fácilmente se comprenderá que en tal situación de espíritu me gustaría lanzarme a esas ocupaciones febriles que han sido siempre el principal gozo de mi vida. Ninguna cosa llana y natural ha cautivado jamás mi corazón, ni me embelesó, como a otros, lo que llaman dulce corriente de la vida. Antes bien yo la quiero tortuosa y rápida, que me ofrezca sorpresas a cada instante y aun peligros; que se interne por pasos misteriosos, después de los cuales deslumbre más la claridad del día; que caiga como el Piedra en cataratas llenas de ruido y colores, o se oculte como el Guadiana, sin que nadie sepa dónde ha ido.

Yo sentía además en mi alma la atracción de la Corte, no pudiendo descifrar claramente cuál objeto o persona me llamaban en ella, ni explicarme las anticipadas emociones que por el camino sentía mi corazón, como el derrochador que principia a gastar su fortuna antes de heredada. Mi fantasía enviaba delante de sí, en el camino de Madrid, maravillosos sueños e infinitos goces del alma, peligros vencidos y amables ideales realizados. Caminando de este modo y con los fines que llevaba, iba yo por mi propio y verdadero camino.

Desde que llegué me puse en comunicación con los personajes para quienes llevaba cartas o recados verbales. Tuve noticias de la rebelión de los Guardias que se preparaba; hice lo que Ugarte me había mandado en sus minuciosas instrucciones, y hallé ocasión de advertir el mucho atolondramiento y ningún concierto con que eran llevados en Madrid los arduos trámites de la conspiración.

Lo mejor y más importante de mi comisión estaba en Palacio, adonde me llevó don Víctor Sáez, confesor de Su Majestad. Muchos deseos tenía yo de ver de cerca y conocer por mí misma al Rey de España y toda su real familia, y entonces quedó satisfecho mi anhelo. Hice un rápido estudio de todos los habitantes de Palacio, particularmente de las mujeres, la reina Amalia, doña Francisca, esposa de don Carlos, y doña Carlota, del Infante don Francisco. La segunda me pareció desde luego mujer a propósito para revolver toda la Corte. De los hombres, don Carlos me pareció muy sesudo, dotado de cierto fondo de honradez preciosísima, con lo cual compensaba su escasez de luces, y a Fernando le diputé por muy astuto y conocedor de los hombres, apto para engañarles a todos, si bien privado del valor necesario para sacar partido de las flaquezas ajenas. La reina pasaba su vida rezando y desmayándose; pero la varonil doña Francisca de Braganza ponía su alma entera en las cosas políticas, y llena de ambición, trataba de ser el brazo derecho de la Corte. Doña Carlota, que entonces estaba embarazada del que luego fue Rey consorte, tampoco se dormía en esto.

Los palaciegos, tan aborrecidos entonces por la muchedumbre constitucional, Infantado, Montijo, Sarriá y demás aristócratas, no servían en realidad de gran cosa. Sus planes, faltos de seso y travesura, tenían por objeto algo en que se destacase con preferencia la personalidad de ellos mismos. Ninguno valía para maldita la cosa, y así nada se habría perdido con quitarles toda participación en la conjura. Los individuos de la Congregación Apostólica, que era una especie de masonería absolutista, tampoco hacían nada de provecho, como no fuera allegar plebe y disponer de la gente fanática para un momento propicio. En los jefes de la Guardia había más presunción que verdadera aptitud para un golpe difícil, y el clero se precipitaba gritando en los púlpitos, cuando la situación requería prudencia y habilidad sumas. Los liberales masones o comuneros vendidos al absolutismo y que al pronunciar sus discursos violentos se entusiasmaban por cuenta de este, estaban muy mal dirigidos, porque con su exageración ponían diariamente en guardia a los constitucionales de buena fe. He examinado uno por uno los elementos que formaban la conspiración absolutista del año 22 para que cuando la refiera se explique en cierto modo el lamentable aborto y total ruina de ella.

NOTA DEL AUTOR. *A continuación refiere la señora los sucesos del 7 de julio. Aunque su narración es superior a la nuestra, principalmente a causa de la graciosa sencillez y verdad con que toda ella está hecha, la suprimimos por no repetir, ni aun mejorándolo, lo que ya apareció en otro volumen.*

III

Después de los aciagos días de julio, mi situación que hasta entonces había sido franca y segura, fue comprometidísima. No es fácil dar una idea de la presteza con que se ocultaron todos aquellos hombres que pocos días antes conspiraban descaradamente. Desaparecieron como caterva de menudos ratoncillos, cuando los sorprende en sus audaces rapiñas el hombre sin poder perseguirlos, ni aun conocer los agujeros por donde se han metido. A mí me maravillaba que don Víctor Sáez, hombre de una obesidad respetable, pudiese estar escondido sin que al punto se descubriese su guarida. Los palaciegos se filtraron también, y los que no estaban muy evidentemente comprometidos, como por ejemplo, Pipaón, dieron vivas a la Constitución vencedora, uniéndose a los liberales.

Tuve además la desgracia de perder varios papeles en casa de un pobre maestro de escuela donde nos reuníamos, y esto me causó gran zozobra;

pero al fin los encontré no sin trabajo, exponiéndome a los mayores peligros. La seguridad de mi persona corrió también no poco riesgo, y en los días 9 y 10 de julio no tuve un instante de respiro, pues por milagro no me arrastraron a la cárcel los milicianos, borrachos de vino y de patriotería. Gracias a Dios, vino en mi amparo un joven paisano y antiguo amigo mío, el cual, en otras ocasiones, había ejercido en mi vida influencia muy decisiva, semejante a la de las estrellas en la antigua cábala de los astrólogos.

Pasados los primeros días pude introducirme en Palacio a pesar de la formidable y espesa muralla liberalesca que lo defendía. Encontré a Su Majestad lleno de consternación y amargura, principalmente por verse obligado a poner semblante lisonjero a sus enemigos y aun a darles abrazos, lo cual era muy del gusto de ellos, en su mayoría gente inocentona y crédula. No me agradaba ver en nuestro Soberano tan poco corazón; pero si en él hubiera concordado el valor con las travesuras y agudezas del entendimiento, ningún tirano antiguo ni moderno le habría igualado. Su desaliento y desesperación no le impidieron que se enamorase de mí, porque en todas las ocasiones de su vida, bajo las distintas máscaras que se quitaba y se ponía, aparecía siempre el sátiro.

Temerosa de ciertas brutalidades, quise huir. Brindeme entonces a desempeñar una comisión difícil, para lo cual Fernando no se fiaba de ningún mensajero; y aunque él no quiso que yo me encargase de ella, porque no me alejara de la Corte, tanto insté y con tales muestras de verdad prometí volver, que se me dieron los pasaportes.

El mes anterior había salido para Francia don José Villar Frontín, uno de los intrigantes más sutiles del año 14, aunque como salido de la academia del cuarto del Infante don Antonio, no era hombre de gran iniciativa, sino muy plegadizo y servicial en bajas urdimbres. Llevaba órdenes para que el marqués de Mataflorida formase una Regencia absolutista en cualquier punto de la frontera conquistado por los guerrilleros. Estas instrucciones eran conformes al plan del Gobierno francés, que deseaba la introducción de la Carta en España y un absolutismo templado; pero Fernando, que hacía tantos papeles a la vez, deseaba que sus comisionados, afectando ser partidarios de la Carta, trabajasen por el absolutismo limpio. Esto exigía frecuentes rectificaciones en los despachos que se enviaban y avisos contradictorios, trabajo no escaso para quien había de ocultar de sus ministros todos estos y aun otros inverosímiles líos.

Yo me comprometí a hacer entender a Mataflorida y a Ugarte lo que se quería, transmitiéndoles verbalmente algunas preciosas ideas del Monarca, que no podían fiarse al papel, ni a signo ni cifra alguna. Ya por aquellos días se supo que la Seo de Urgel había sido ganada al Gobierno por el bravo Trapense, y se esperaba que en la agreste plaza se constituyera la salvadora Regencia. A la Seo, pues, debía yo dirigirme.

La partida y el viaje no eran problemas fáciles. Esto me preocupó durante algunos días, y traté de sobornar, para que me acompañase, al amigo de quien antes he hablado. A él no le faltaban en verdad ganas de ir conmigo al extremo del mundo; pero le contenía el amor de su madre anciana. Mucho luché para decidirle, empleando razonamientos y seducciones diversas; mas a pesar de la propensión de su carácter a ciertas locuras y del considerable prestigio que yo empezaba a ejercer sobre él, se resistía tenazmente, alegando motivos poderosos, cuya fuerza no me era desconocida. Al fin tanto pudo una mujer llorando, que él abandonó todo, su madre y su casa, aunque por poco tiempo y con la sana intención de volver cuando me dejase en parajes donde no existiese peligro alguno. El infeliz presagiaba sin duda su desdichada suerte en aquella expedición, porque luchó grandemente consigo mismo para decidirse, y hasta el último momento estuvo vacilante.

Aquel hombre había sido enemigo mío, o más propiamente, de mi esposo. Desde la niñez nos conocimos; fue mi novio en la edad en que se tiene novio. Sucesos lamentables que me afligen al venir a la memoria, caprichos y vanidades mías me separaron de él, yo creí que para siempre; pero Dios lo dispuso de otro modo. Durante mucho tiempo estuve creyendo que le odiaba; pero el sentimiento que en mí había era más que rencor una antipatía arbitraria y voluntariosa. Por causa de ella, siempre le tenía en la memoria y en el pensamiento. Circunstancias funestas le pusieron en contacto conmigo diferentes veces, y siempre que ocurría algo grave en la vida de él o en la mía tropezábamos providencialmente el uno con el otro, como si el alma de cada cual viéndose en peligro pidiese auxilio a su compañera.

En mí se verificó una crisis singular. Por razones que no son de este sitio, yo llegué a aborrecer todo lo que mi esposo amaba y a amar todo lo que él aborrecía. Al mismo tiempo mi antiguo novio mostraba hacia mí sentimientos tan vivos de menosprecio y desdén, que esto inclinó mi corazón a estimarle. Yo soy así, y me parece que no soy el único ejemplar. Desde la ocasión en que le arranqué de las furibundas manos de mi marido no debí de ser tampoco para él muy aborrecible.

Cuando nos encontramos en Madrid, y desde que hablamos un poco, caímos en la cuenta de que ambos estábamos muy solos. Y no solo había semejanza en nuestra soledad, sino en nuestros caracteres, principal origen quizás de aquella. Hicimos propósito de echar a la espalda aquel trágico aborrecimiento que antes nos teníamos, el cual se fundaba en veleidades y caprichosas monomanías del espíritu, y no tardamos mucho tiempo en conseguirlo. Ambos reconocimos las grandes y ya irremediables equivo-caciones de nuestra primera juventud, y nos maravillábamos de hallar tan extraordinaria fraternidad en nuestras almas. ¡Ser de este modo, haber nacido el uno para el otro, y sin embargo haber estado dándonos golpes en las tinieblas durante tanto tiempo! ¡Qué fatalidad! Hasta parece que no somos responsables de ciertas faltas, y que estas, por lo que tienen de placentero, pueden tolerarse como compensación de pasados dolores y de un error deplorable y fatal, dependiente de voluntades sobrehumanas.

Pero no: no quiero eximirme de la responsabilidad de mi culpa y de haber faltado claramente, impulsada por móviles irresistibles, a la ley de Dios. No: nada me disculpa; ni las atrocidades de mi marido, ni la espantosa soledad en que yo estaba, ni los mil escollos de la vida en la Corte, ni las grandes seducciones morales y físicas de mi paisano y dulce compañero de la niñez. Reconozco mi falta, y atenta solo a que este papel reciba un escrupuloso retrato de mi conciencia y de mis acciones, la escribo aquí, venciendo la vergüenza que confesión tan penosa me causa.

Salimos de Madrid en una hermosa noche de julio. Cuando dejamos de oír el rugido de la Milicia victoriosa, me pareció que entraba en el cielo. Íbamos cómodamente en una silla de postas con buenos caballos y un hábil mayoral de Palacio. Yo había tomado un nombre supuesto, diciéndome marquesa de Berceo y él era nada menos que mi esposo, una especie de marqués de Berceo. Mucho nos reímos con esta invención, que a cada paso daba lugar a picantes comentarios y agudezas. No recuerdo días más placenteros que los de aquel viaje.

¡Cuántas veces bajamos del coche para andar largos trechos a pie, recreándonos en la hermosura de las incomparables noches de Castilla! ¡Cómo se agrandaba todo ante nuestros ojos, principalmente las cosas inmateriales! Nos parecía que aquella dulce vagancia no acabaría nunca, y que los días venideros serían siempre como aquel cielo que veíamos, dilatados, serenos y sin nubes. En tales horas o hablábamos poco o vertíamos el alma del uno en la del otro alternativamente por medio de observaciones y preguntas acordes con el hermoso espectáculo que veíamos fuera y dentro de nosotros, pues de mi alma puede decirse que estaba tan llena de estrellas como el firmamento.

Han pasado muchos años: entonces tenía yo veintisiete, y ahora... No lo quiero decir por no espantarme; pero creo que he traspasado el medio siglo[3]. Entonces mis cabellos eran de oro, ahora son de plata, sin que ni una sola hebra de ellos conserve su primitivo color. Mis ojos tenían el brillo que es reflejo de la inteligencia despierta y de los sentimientos bullidores; ahora no son más que dos empañadas cuentas azules, de las cuales se escapa alguna vez fugitivo rayo. Mi cara entonces respiraba alegría, salud, y el alma rielaba sobre mis facciones como la luz sobre la superficie de las temblorosas aguas; ahora es una máscara que me sirve para disimular los pensamientos y que a muchos deja ver todavía huellas claras de la gran hermosura que hubo en ella. Entonces era muy hermosa; ahora soy una vieja que debió haber *sido guapa*, aunque, si he de creer a don Toribio, el canónigo de Tortosa, todavía puedo volver loco a cualquiera. En suma; todo ha pasado, mudándose considerablemente, e infinitas personas han pasado a ser recuerdos. Lo que siempre está lo mismo es mi país, que no deja de luchar un momento por la misma causa y con las mismas armas, y si no con las mismas personas, con los mismos tipos de guerreros y políticos. Mi país sigue siempre a la calesera.

Pues bien: en todo el tiempo transcurrido entre estas dos épocas, no he visto pasar días como aquellos. Fueron de los pocos que tiene cada mortal

---

3   Según nuestras noticias, la señora escribió estas Memorias durante la guerra civil del 48. (N. del A.)

como un regalo del cielo para toda la existencia, y que en vano se aguardan después, porque no vuelven. Estos aguinaldos de la vida no se reciben más que una vez. Salvador era menos feliz que yo, a causa de los deberes y las afecciones que había dejado atrás. Yo procuraba hacerle olvidar todo lo que no fuese nosotros mismos; mas resultaba esto muy difícil, por ser él menos dueño de sus acciones que yo, y aun, si se quiere, menos egoísta. Íbamos de pueblo en pueblo, sin apresurarnos ni detenernos mucho. Aquel vivir entre todo el mundo y al mismo tiempo sin testigo, era mi mayor delicia. Los diversos pueblos por donde pasábamos no tenían sin duda noticia de la felicidad de los marqueses de Berceo, pues si la tuvieran, no creo que nos dejaran seguir sin quitarnos algo de ella.

IV

Gracias a nuestro dinero y a nuestro buen porte podíamos disfrutar de todas las comodidades posibles en las posadas. El calor nos obligaba a detenernos durante el día, caminando por las noches, y ni en Castilla ni en Aragón tuvimos ningún mal encuentro, como recelábamos, con milicianos, ladrones o espías del Gobierno.

Más allá de Zaragoza empezamos a temer que nos salieran al paso las tropas de Torrijos o de Manso. Por eso en vez de tomar directamente el camino de Cataluña subimos hacia Huesca, Salvador, cuya antipatía a los facciosos y guerrilleros era violentísima, se mostró disgustado al considerarse cerca de ellos. Entonces tuve un momento de súbita tristeza, oyéndole decir:

—Cuando lleguemos a un lugar seguro o estés entre tus amigos, me volveré a Madrid.

Yo deseaba que no llegasen ni el lugar seguro ni tampoco mis amigos. Pero aunque mi tristeza fue grande desde aquel instante, apoderándose de mi corazón como un presagio de desventuras, estaba muy lejos de sospechar el espantoso golpe que nos amenazaba, consecuencia providencial de nuestra falta y de mi criminal ligereza. ¡Ay!, piensa el malo que sus alegrías han de ser perpetuas, y la misma grata corriente de ellas le lleva ciego a lo que yo llamo la sucursal del infierno en la tierra, que es la desgracia y el anticipado castigo de los delitos.

De Huesca nos dirigimos a Barbastro, siguiendo por un detestable camino hasta Benabarre, donde entramos al anochecer. Detuvieron nuestro coche algunos hombres, y al verles, exclamé:

—Los guerrilleros. Ya estamos en casa.

Salvador mostró gran disgusto, y cuando fuimos interrogados, dio algunas contestaciones que debieron de sonar muy mal en los oídos de los soldados de la fe. Yo tenía confianza en mi gente y la seguridad de no ser detenida; pero no fue posible evitar ciertas molestias. Nos hicieron bajar del coche antes de llegar a la posada y presentarnos a un rústico capitán que estaba en la venta del camino bebiendo vino juntamente con otro guerrillero, al modo de frailazo, armado de pistolas y con dos o tres individuos de malísima catadura.

Sus maneras no eran en verdad nada corteses, a pesar de defender causa tan sagrada como es la del Altar y el Trono; pero con dos o tres palabras dichas enérgicamente y en tono de dignidad, me hice respetar al punto. Yo mostraba al que parecía jefe mis papeles, cuando observé que uno de los hombres allí presentes miraba a mi compañero de viaje con expresión poco tranquilizadora. Llegose a él, y poniéndole la mano en el hombro le dijo con brutal modo y expresión de venganza:

—¿Me conoces? ¿Sabes quién soy?

—Sí —le respondió Monsalud, pálido y colérico—. Ya sé que eres un hombre vil; tu nombre es Regato.

El desconocido se abalanzó en ademán hostil hacia mi amigo, pero este supo recibirle con tanta valentía, que le hizo rodar por el suelo, bañado el rostro en sangre. Quedeme sin aliento al ver la furia de aquella gente ante el mal trato dado a uno de los suyos. Milagro de Dios fue que no pereciésemos allí; pero el capitán parecía hombre prudente, y haciendo salir de la venta al agraviado, nos notificó que estábamos presos hasta que el jefe decidiera lo que se había de hacer con nosotros.

Afectando serenidad le dije que mirara bien lo que hacía, por ser yo persona de gran poder en la frontera y en Palacio; pero encogiéndose de hombros, tan solo me permitió después de largas discusiones hablar al que ellos llamaban coronel. Salí desalada de la venta, dejando en ella la mitad de mi alma, pues allí quedó guardado por dos hombres mi ultrajado amigo, y me presenté al coronel, que era un capuchino de Cervera. Acababa de despachar un bodrio y dos azumbres que le habían puesto para que cenase, y su paternidad, después del pienso, no tenía al parecer la cabeza muy serena. Sin embargo, no me trató mal. Díjome que el señor Regato le había informado ya de quién era mi acompañante, y que en vista de sus antecedentes y circunstancias, no podía ser puesto en libertad. Púseme furiosa; yo me creí capaz de destrozar solo con mis uñas a aquel tremendo fraile coronel cuyas barbas y salvaje apostura ponían miedo en el corazón más esforzado. Sin miramiento alguno le increpé, diciéndole cuantas atrocidades me vinieron a la boca y amenazándole con pedir su cabeza al Rey; pero ni aun así logré ablandar aquella roca en figura de bestia. Oyome el bárbaro con paciencia, sin duda por ser más fraile que guerrero, y resumió sus resoluciones diciéndome:

—Usted, señora, puede ir libremente a donde le acomode; pero ese hombre no me sale de aquí.

¡Ay!, si yo hubiera tenido a mis órdenes diez hombres armados habría atacado al batallón, cuadrilla o lo que fuera, segura de destrozarlo, que tanto puede el furor de una hembra ofendida. Volví a la venta, resuelta a sacar de ella a Salvador con mis propias manos, desafiando las armas de sus guardianes; pero cuando entré, mi compañero de viaje, mi adorado amigo, mi pobre marqués de Berceo, había desaparecido. Le llamé con la voz ronca de tanto gritar; le llamé con toda mi alma, pero no me respondió. Una mujer andrajosa, que parecía tan salvaje y feroz como los hombres que en aquel pueblo vi, salió conmigo al camino y señalando a un punto en la oscuridad del espacio negro, dijo sordamente:

—Allí.

Y mirando hacia donde su dedo me indicaba, vi unas grandes sombras que parecían murallones almenados y como ruinas hendidos. Pregunté qué sitio era aquel y la desconocida me contestó:

—El castillo.

La mujer llevando una cesta con provisiones, marchó en dirección del castillo. Yo la seguí. No tardamos en llegar, y por una poterna desvencijada que se abría en la muralla, después de pasado el foso sin agua, penetramos en un patio lleno de escombros y de yerba.

—¡Aquí, aquí le han encerrado! —exclamé mirando a todos lados como quien ha perdido el juicio.

La mujer se detuvo ante mí, y señalando el suelo dijo con voz muy lúgubre:

—¡Abajo!

Yo creí volverme loca. Los ojos de la horrible persona que me daba tan tremendas noticias brillaban con claridad verdosa, como los de animal felino. Quise seguirla cuando subió la escalerilla que conducía a las habitaciones practicables entre tanta ruina; pero un centinela me echó fuera brutalmente, amenazándome con arrojarme al foso si no me retiraba *más pronto que la vista*. Estas fueron sus propias palabras.

Corrí hacia el pueblo, resuelta a ver de nuevo al coronel capuchino de Cervera. Pero tanta agitación agotó al fin mis fuerzas, y tuve que sentarme en una gran piedra del camino, fatigada y abatida, porque a mi primera furia sustituyó una aflicción profundísima que me hizo llorar. No recuerdo haber derramado nunca más lágrimas en menos tiempo. Al fin, sobreponiéndome a mi dolor, seguí adelante, jurando no continuar el viaje sin llevar en mi compañía al infeliz cuanto adorado amigo de mi niñez. Desperté al capuchino, que ya roncaba, el cual de muy mal talante, repitió su fiera sentencia, diciendo:

—Usted, señora, puede continuar su viaje; pero el otro no saldrá de aquí sin orden superior. Yo sé lo que me digo. ¡Pisto!, que ya me canso de sermonear. Vaya usted con Dios y déjenos en paz.

Despreciando su barbarie, insistí y amenacé, y al cabo me dio algunas esperanzas con estas palabras:

—El jefe de nuestra partida acaba de llegar. Háblele usted a él, y si consiente...

—¿Quién es el jefe?

—Don Saturnino Albuín —me contestó.

Al oír este nombre vi el cielo abierto. Yo había conocido en Bayona al célebre *Manco*, y recordé que aunque muy bárbaro, hacía alarde de generosidad e hidalguía en todas las ocasiones que se le presentaban. No quise detenerme ni un instante, y al punto me informé de que don Saturnino estaba en una casa situada junto al camino a la salida del pueblo en dirección a Tremp. Desde la plaza se veían dos lucecillas en las ventanas de la vivienda.

Corrí allá guiada por la simpática claridad de aquellas luces semejantes a dos ojos y que eran para mí fanales de esperanza. Llegué sin aliento, agitada por la fatiga y un dulce presagio de buen éxito que me llenaba el corazón.

El centinela me dijo que no se podía pasar; pero apelando a mis bolsillos, pasé. En la escalera, en el pasillo alto, fui repetidas veces detenida; pero con el mismo talismán abríame paso.

—Ahí está —me dijo un hombre señalando una puerta detrás de la cual se oían alteradas voces en disputa. Sin reparar más que en mi afán empujé la puerta y entré.

Albuín, que estaba en pie, se volvió al sentir el ruido de la puerta, y me interrogó con sus ojos, que expresaban sorpresa y cólera por mi brusca entrada. Otro guerrillero estaba junto a la mesa con los codos sobre ella, encendiendo un cigarro en la luz del velón de cobre que alumbraba la estancia.

—¿Qué se le ofrece a usted, señora? —me dijo Albuín moviendo con gesto de impaciencia su única mano.

Yo no había dado cuatro pasos dentro de la habitación, cuando observé que más allá de la mesa había otro hombre, apoltronado en un sillón, con los pies extendidos sobre una banqueta, inclinada la cabeza sobre el hombro y durmiendo tranquilamente con ese sueño del guerrillero cansado que acaba de recorrer dos provincias y marear a dos ejércitos. Al verle ¡Santo Dios!, me quedé yerta, muda, como estatua; no pude pronunciar una palabra, ni dar un paso, ni respirar, ni huir, ni gritar. El terror me arrancó súbitamente del pensamiento mis angustias de aquella noche.

Aquel hombre era mi marido.

—¿Qué se le ofrece a usted, señora? —volvió a preguntarme el *Manco*.

Pasado el primer instante de terror, en mí no hubo otra idea que la idea de huir, de desaparecer, de desvanecerme como el humo o como la palabra vana que se lleva el viento.

—Pero, ¿qué se le ofrece a usted, demonio? —repitió el guerrillero.

—¡Nada! —contesté, y a toda prisa salí de la habitación.

Yo creo que ni un relámpago corre como yo corrí fuera de la casa. No veía más que el camino, y mi veloz carrera nunca me parecía bastante apresurada para llegar al centro del pueblo donde había dejado mi coche.

A lo lejos, detrás de mí, sentí voces burlonas que decían:

—¡La mujer loca, la mujer loca!

Eran los bravos a quienes yo había dado tanto dinero para que me dejasen pasar. A cada instante volvía la cabeza por ver si mi marido venía corriendo detrás de mí.

Llegué medio muerta a donde estaba mi coche, y tirando del brazo del cochero para que despertase, grité:

—¡Francisco, Francisco, vuela, vuela fuera de este horrible pueblo!

Y me metí en el coche.

—¿Adónde vamos, señora? —me preguntó el pobre hombre sacudiendo la pereza.

—¿Estás sordo? Te he dicho que vueles... ¿Hablo yo en griego?, que vueles, hombre. Mata los caballos, pero ponme a muchas leguas de aquí.

—¿A dónde vamos, señora? ¿Hacia la Seo?

—Hacia el infierno si quieres, con tal que me saques de aquí.

Mi coche partió a escape, y siguiendo el camino en dirección a Tremp, pasé junto a la malhadada casa donde había visto a mi esposo. Entonces los bárbaros reunidos junto a la puerta me aclamaron otra vez, arrojando algunas piedras a mi coche. Su grito era:

—¡La mujer loca, la mujer loca!

En efecto, lo estaba. ¡Ah! ¡Benabarre, Benabarre, maldito seas! En ti acabó mi felicidad; en las espinas de tu camino dejé clavado mi corazón chorreando sangre. Fuiste mi calvario y la piedra resbaladiza de mal agüero donde caí para siempre, cuando más orgullosa marchaba. Fuiste el tajo donde el cielo puso mi cabeza para asegurar el golpe de su cuchilla; pero con ser obra del cielo mi castigo, ¡te odio, execrable pueblo de bandidos! ¡Sepulcro de mi edad feliz, no puedo verte sin espanto, y mientras tenga lengua, te maldeciré!

V

Llegué a la Seo el 14 de agosto. ¡Qué viaje el de Benabarre a la Seo! Si antes todo se adaptaba al lisonjero estado de mi alma, después todos los caballos eran malos, todos los caminos intransitables, todas las posadas insufribles, todos los días calorosos, y las noches todas tristes como los pensamientos del desterrado. Mi alma sin consuelo, mientras más gente veía, más sola se encontraba. Mi pensamiento no podía apartarse de aquel lugar siniestro donde habían quedado mi amor y mi suplicio, mi falta y mi conciencia, representados cada una en un hombre.

Casi antes de desempeñar mi comisión traté de ocuparme de salvar al infeliz que había quedado cautivo en Benabarre; pero Mataflorida me dijo sonriendo:

—Luego, luego, mi querida señora, trataremos de ese asunto. Infórmeme usted de lo que trae, pues no hay tiempo que perder. Hoy mismo constituiremos la Regencia.

Más de dos horas estuvimos departiendo. Él, como hombre muy ambicioso y que gustaba de ser el primero en todo, recibió con gusto las instrucciones reservadísimas que le daban gran superioridad entre sus compañeros de Regencia. Eran estos el barón de Eroles y don Jaime Creux, arzobispo de Tarragona, ambos, lo mismo que Mataflorida, de clase humildísima, sacados de su oscuridad por los tiempos revolucionarios, lo cual no era un argumento muy fuerte en pro del absolutismo. Una Regencia destinada a restablecer el Trono y el Altar, debió constituirse con gente de raza. Pero la edad revuelta que corríamos los exigía de otro modo, y hasta el absolutismo alistaba su gente en la plebe. Este hecho, que ya venía observándose desde el siglo pasado, lo expresaba Luis XV diciendo que la nobleza necesitaba estercolarse para ser fecundada.

De los tres regentes, el más simpático era Mataflorida y también el de más entendimiento; el más tolerante Eroles, y el más malo y antipático, don Jaime Creux. No puede decirse de estos hombres que habían marchado con lentitud en sus brillantes carreras. Eroles era estudiante en 1808 y en 1816 teniente general. El otro de clérigo oscuro pasó a obispo, en premio de su traición en las Cortes del año 14.

Yo no tenía mi espíritu en disposición de atender a las ceremonias con que quisieron celebrar los triunviros el establecimiento de la Regencia. Después de publicar su célebre manifiesto, proclamaron solemnemente al Monarca, *restituyéndole a la plenitud de sus derechos*, según decíamos entonces. Levantóse en la plaza de la Seo un tablado, sobre el que un sacristán vestido de rey de armas gritó: «¡España por Fernando VII!» y luego dieron al viento una bandera en la cual las monjas habían bordado una cruz y aquellas palabras latinas que quieren decir: *por este signo vencerás*. Los altos castillos que coronan los montes en cuyo centro está sepultada la Seo hicieron salvas, y aquello en verdad parecía una proclamación en toda regla.

Después de la ceremonia política hubo jubileo por las calles y rogativa pública, a que concurrió el obispo con todo el clero armado y el cabildo sin armas. Era un espectáculo edificante y al mismo tiempo horroroso. Daba idea de la inmensa fuerza que tenían en nuestro país las dos clases reunidas, clero y plebe; pero los frailes armados de pistolas y los guerrilleros con vela en la mano, el general con crucifijo y el arcediano con espuelas, movían a risa y a odio juntamente. El ejército de la fe, uniformado solo con el gorro catalán habría parecido un ejército de pavos, si no estuviera bien probado su indomable valor.

Yo veía aquella procesión chabacana, horrible parodia del levantamiento nacional de 1808, y aquellas espantosas figuras de curas confundidas con guerreros, como se ven las ficciones horrendas de una pesadilla. Tal espectáculo era excesivamente desagradable a mi espíritu, y la bulla del pueblo me ponía los nervios en el más lastimoso desorden. Semejante Carnaval en Urgel, que es sin disputa el pueblo más feo de todo el mundo, era para enfermar y aun enloquecer a cualquiera. Mi privilegiada naturaleza me salvó.

Y pasaban días sin que me fuera posible hacer nada de provecho por mi amado prisionero de Benabarre. Obtenía, sí, promesas y aun órdenes de la Regencia; pero como no podía trasladarme yo misma al lugar del conflicto, era muy difícil que tuviesen cumplimiento. Antes me dejara morir que encaminarme a paraje alguno donde hubiese probabilidades de encontrar la persona o siquiera las huellas de mi esposo; y según mis averiguaciones, este no había abandonado el bajo Aragón.

Al fin supe que mi cara mitad, uniéndose a Jeps dels Estanys, había pasado a la alta Cataluña. Llena de esperanza entonces corrí a Benabarre, cargada de órdenes de Mataflorida y del mismo Eroles que acababa de ponerse a la cabeza de la insurrección catalana. Ningún obstáculo podían oponerme ya los guerrilleros; mas por mi desgracia, cuando llegué al funesto pueblo de Aragón ni un solo partidario del realismo quedaba en su recinto;

el castillo había sido volado, y el mísero cautivo, según me dijeron, trasladado a otro punto.

—¿Vivo? —pregunté.

—Vivo y cargado de cadenas —me contestó la misma mujer de aquella horrenda noche de agosto—. Se iba muriendo por el camino; pero le daban comida y bebida para que no acabase de padecer.

No tuve tiempo para entregarme a inútiles lamentaciones, porque corrió por todo el pueblo esta horrible voz: *¡los liberales!, ¡que vienen los liberales!*, y tuve que huir. Con mucho trabajo y gastando bastante dinero pude escapar a Francia por Canfranc.

NOTA DEL AUTOR. *Aquí concluye el primer fragmento de las curiosas* Memorias. *Como el segundo se refiere a sucesos ocurridos en la primavera del 23, resultando una interrupción de siete meses, nos vemos en la necesidad de llenar tan lamentable vacío con relaciones propias, que abreviaremos todo lo posible para que no se echen de menos por mucho tiempo las aventuras de la dama viajera, contadas por ella misma.*

VI

La primera determinación del Gobierno popular que sucedió al de Martínez de la Rosa, después de las jornadas de julio, fue nombrar general del ejército del Norte al rayo de las guerrillas, al Napoleón navarro, don Francisco Espoz y Mina. En medio de su atolondramiento, los siete ministros, a quienes la Corte llamaba los *Siete niños de Écija*, no carecían de iniciativa y de cierta arrogancia emprendedora que por algún tiempo les permitió sostenerse en el poder con prestigio. El nombramiento de Mina y aquella orden que le dieron de hacer tabla rasa de las provincias rebeldes no pudieron ser más acertados.

El gran guerrillero no necesitaba muy vivas excitaciones para sentar su pesada mano a los pueblos. Navarros y catalanes le conocían. Pero antaño había hecho la guerra con ellos, y ahora debía hacerla contra ellos, lo cual era muy distinto. Antes se batía contra tropas regulares y ahora con ellas perseguía las partidas. Bien se ve que el coloso de las guerrillas estaba fuera de su natural esfera y asiento. Iba a hacer el papel del enemigo durante la guerra de la Independencia.

A pesar de esta desventaja empezó con muy buen pie su campaña. No podía decirse propiamente que había partidas en el Norte, sino que todo el Norte desde Gerona hasta Guipúzcoa, y desde el Pirineo hasta las inmediaciones del Ebro, ardía con horrible llamarada absolutista. Quesada, a cuyo lado despuntaba un precoz muchacho llamado Zumalacárregui, dominaba en Navarra, juntamente con Guergué y don Santos Ladrón; Albuín y Cuevillas y Merino, asolaban la tierra de Burgos; Capapé, el Aragón; Jeps dels Estanys, el Trapense, Romagosa y Caragol, a Cataluña, donde el barón de Eroles trataba de formar un ejército regular con las desperdigadas gavillas de la fe. Muchos frailes del país, empezando por los aguerridos capuchinos de Cervera que habían escapado del furor de las tropas liberales, y concluyendo por los monjes de Poblet que tanto trabajaron en la conspiración, formaban en las filas del *Manco*, o de Capapé o de Misas.

Mina tomó el mando de las tropas de Cataluña, y al poco tiempo el aspecto de la campaña principió a mudarse favorablemente a nuestras armas. En 24 de octubre, después de obligar a los facciosos a levantar el sitio de Cervera, arrasó a Castellfollit, poniendo sobre sus ruinas el célebre cartel que decía: «Aquí existió Castellfollit. Pueblos, tomad ejemplo, y no deis abrigo a los enemigos de la patria.»

En noviembre tomó a Balaguer. En el mismo mes obligó a muchos facciosos a pasar la frontera en presencia del cordón sanitario con que nos amenazaban los franceses. En 20 de enero, uno de los suyos, el brigadier Rotten, jefe de la cuarta división del ejército de Cataluña, hacía sufrir a San Llorens de Morunys el tremendo castigo de que había sido víctima Castellfollit, diciendo a las tropas en la orden del día: «La villa esencialmente rebelde llamada San Llorens de Morunys *será borrada del mapa.*»

Aquel destructor de ciudades señalaba a cada regimiento las calles que debía saquear antes de dar principio a la operación de borrar del mapa. No de otra manera procedió Hoche en la Vendée; pero este sistema de *borrar del mapa* es algo expuesto, sobre todo en España.

El 8 de diciembre puso Mina sitio a la Seo de Urgel, mientras Rotten iba convenciendo a los rebeldes catalanes con las suaves razones que indicamos, y en uno de los pueblos demolidos y arrasados, precisamente en aquel mismo San Llorens de Morunys, llamado también Piteus, ocurrió un suceso digno de mencionarse y que causó maravilla y emoción muy viva en toda la tropa.

Fue de la manera siguiente: Para que el saqueo se hiciera con orden, Rotten dispuso que el batallón de Murcia trabajase en las calles de Arañas y Balldelfred; el de Canarias, en las calles de Frecsures y Segories; el de Córdoba, en la de Ferronised y Ascervalds, dejando los arrabales para el destacamento de la Constitución y la caballería. Lo mismo en la orden de saqueo que en la de incendio, que le siguió, fueron exceptuadas doce casas que pertenecían a otros tantos patriotas.

El regimiento de Córdoba funcionaba en la calle de Ferronised, entre la consternación de los aterrados habitantes, cuando unos soldados descubrieron un hondo sótano o mazmorra, y registrándolo, por si en él había provisiones almacenadas para los facciosos, vieron a un hombre aherrojado, o más propiamente dicho, un cadáver viviente, cuya miserable postración y estado les causaron espanto. No vacilaron en prestarle auxilio cristianamente sacándole de allí en hombros, después de quitarle con no poco trabajo las cadenas; y cuando el cautivo vio la luz se desmayó, pronunciando incoherentes palabras, que más bien expresaban demencia que alegría.

Rodeáronle todos, siendo objeto de gran curiosidad por parte de oficiales y soldados, que no cesaban de denostar a los facciosos por la crueldad usada con aquel infeliz. Este parecía haber permanecido bajo tierra mucho tiempo, según estaba de lívido y exangüe, y sin duda, era víctima del furor de las hordas absolutistas, y más que criminal castigado por sus delitos, un buen patriota condenado por su amor a la Constitución.

Un capitán ayudante de Rotten, llamado don Rafael Seudoquis, se interesó vivamente por el cautivo, y después de mandar que se le diera toda clase de socorros, le apremió para que hablase. El hombre sacado del fondo de la tierra parecía joven, a pesar de lo que le abrumaba su padecer, y se sorprendió muy agradablemente de ver los uniformes de la tropa. Las primeras palabras que pronunció fueron:

—¿En dónde están?

—¿Los facciosos? —dijo Seudoquis riendo—. Me parece que no les veremos en mucho tiempo, según la prisa que llevan... Ahora, buen amigo, díganos cómo se llama usted y quién es.

El cautivo hacía esfuerzos para recordar.

—¿En qué año estamos? —preguntó al fin mirando a todos con extraviados ojos.

—En el de 1823, que parece será el peor año del siglo, según como empieza.

—¿Y en qué mes?

—En enero y a 15, día de San Pablo ermitaño. Si usted recuerda cuándo le empaquetaron puede hacer la cuenta del tiempo que ha estado en conserva.

—He estado preso —dijo el hombre después de una larga pausa—, seis meses y algunos días.

—Pues no es mucho, otros han estado más. No le habrán tratado a usted muy bien: eso es lo malo; pero descuide usted, que ahora las van a pagar todas juntas. El pueblo será incendiado y arrasado.

—¡Incendiado y arrasado! —exclamó el cautivo con pena—. ¡Qué lástima que no sea Benabarre!

—Sin duda, el cautiverio de usted —dijo Seudoquis, intimando más con el desgraciado—, empezó en ese horrible pueblo aragonés.

—Sí señor, de allí me trajeron a Tremp y de Tremp a Masbrú y de Masbrú aquí.

—¡Oh!, ¡buen viaje ha sido! ¡Y seis meses de encierro, bajo el poder de esa canalla! No sé cómo no le fusilaron a usted seiscientas veces.

—Eran demasiado inhumanos para hacerlo.

Lleváronle fuera del pueblo en una camilla y a presencia del brigadier, que le interrogó. Desde el cuartel general vio las llamas que devoraban San Llorens, y entonces dijo:

—Arde lo inocente, las guaridas y los perversos lobos están en el monte.

El bravo y generoso Seudoquis fue encargado por el brigadier de vestirle, pues los andrajos que cubrían el cuerpo del cautivo se caían a pedazos. Al día siguiente de su maravillosa redención, hallose muy repuesto por la influencia del aire sano y de los alimentos que le dieron, y aunque le era imposible dar un paso, podía hablar sin acongojarse como el primer día por falta de aliento.

—¿Qué ha pasado en todo este tiempo? —preguntó con voz débil y temblorosa al que continuamente le daba pruebas de generosidad e interés—. ¿Sigue reinando Fernando VII?

—Hombre, sí, todavía le tenemos encima —dijo Seudoquis atizando la hoguera, alrededor de la cual vivaqueaban juntamente con el cautivo cuatro o cinco oficiales—. Gotosillo sigue nuestro hombre; pero aún nos está embromando y nos embromará por mucho tiempo.

—¿Y la Constitución, subsiste?

—También está gotosa, o mejor dicho, acatarrada. Me parece que de esta fecha enterramos a la señora.

—¿Y hay Cortes?

—Cortes y recortes. Pero me parece que pronto no quedarán más que los de los sastres.

—Y qué, ¿hay revolución en España?

—Nada: estamos en una balsa de aceite.

—¿Qué Ministerio tenemos?

—El de los *Siete niños de Écija*. ¿Pues qué, vamos a estar mudando de niños todos los días?

—¿Y ha vuelto la Milicia a sacudir el polvo a la Guardia Real?

—Ahora nos ocupamos todos en cazar frailes y guerrilleros, siempre que ellos no nos cacen a nosotros.

—¿Y Riego?

—Ha ido a Andalucía.

—¿Hay agitación allá?

—Lo que hay es mucha sangre vertida en todas partes.

—Revolución completa. ¿Dónde hay partidas?

—Pregunte usted que dónde hay españoles.

—Toda Cataluña parece estar en armas contra el Gobierno.

—Y casi todo Aragón y Navarra y Vizcaya y Burgos y León y mucha parte de Guadalajara, Cuenca, Ávila, Toledo, Cáceres. Hay facciones hasta en Andalucía, que es como decir que hasta las ranas han criado pelo.

—¡Qué horrible sueño el mío —dijo lúgubremente el cautivo—, y qué triste despertar!

—Esto es un volcán, amigo mío.

—¿Pero qué quieren?

—Confites. Piden Inquisición y cadenas.

—¿Y quién los dirige?

—El Rey y en su real nombre la Regencia de Urgel.

—Una Regencia...

—Que tiene su Gobierno regular, sus embajadores en las Cortes de Europa y ha contratado hace poco un gran empréstito. ¡Si no hay país ninguno como este! Espanta el ver cómo falta dinero para todo menos para conspirar.

—¿Y qué hace el Gobierno?

—¿Qué ha de hacer? Boberías. Trasladar los curas de una parroquia a otra, declarar vacantes las sillas de los obispos que están en la facción, fomentar las sociedades patrióticas, suprimir los conventos que están en despoblado y otras grandes medidas salvadoras.

—¿No ha cerrado el Gobierno las sociedades patrióticas?

—Ha abierto la *Landaburiana*, para que los liberales tengan una buena plazuela donde insultarse.

—¿Siguen los discursos?

—Sí; pero abundan más los cachetes.

—¿Y qué generales mandan los ejércitos de operaciones?

—Aquí Mina, en Castilla la Nueva O'Daly, Quiroga en Galicia, en Aragón Torrijos.

—¿Y vencen?

—Cuando pueden.

—Es una delicia lo que encuentro a mi vuelta del otro mundo.

—Si casi era mejor que se hubiese usted quedado por allá. Así al menos no sufriría la vergüenza de la intervención extranjera.

—¿Intervención?

—¡Y se asusta! ¿Pues hay nada más natural? Según parece, allá por el mundo civilizado corre el rumor de que esto que aquí pasa es un escándalo.

—Sí que lo es.

—Los Reyes temen que a sus Naciones respectivas les entre este maleficio de las Constituciones, de las sociedades Landaburianas, de las partidas de la Fe, de los frailes con pistolas, y nos van a quitar todos estos motivos de distracción. Lejos del mundo ha estado usted, y muy dentro de tierra cuando no han llegado a sus oídos las célebres notas.

—¿Qué notas?

—El re mi fa de las Potencias. Las notas han sido tres, todas muy desafinadas, y las potencias que las han dado, tres también como las del alma: Rusia, Prusia y Austria.

—¿Y qué pedían?

—No puedo decírselo a usted claramente porque los embajadores no me las han leído; pero si sé que la contestación del Gobierno español ha sido retumbante y guerrera como un redoble de tambor.

—Es decir que desafía a Europa.

—Sí señor, la desafiamos. Ahora se recuerda mucho la guerra de la Independencia; pero yo digo, como Cervantes, que *nunca segundas partes fueron buenas*.

—¿De modo que tendremos otra vez extranjeros?

—Franceses. Ahí tiene usted en lo que ha venido a parar el ejército de observación. Entre el cordón sanitario y el de San Francisco, nos van a dar que hacer... Digo... y los diputados el día en que aprobaron la contestación a las notas fueron aclamados por el pueblo. Yo estaba en Madrid esa noche, y como vivo frente al coronel San Miguel, las murgas no me dejaron dormir en toda la noche. Por todas partes no se oyen más que *mueras* a la Santa Alianza, a las Potencias del Norte, a Francia y a la Regencia de Urgel. Ahora se dice también como entonces «dejarles que se internen»; pero la tropa no está muy entusiasmada que digamos. Con todo, si entran los interventores no les recibiremos con las manos en los bolsillos.

—Tremendos días vienen —dijo el cautivo—. Si los absolutistas vencen, no podremos vivir aquí. O ellos o nosotros. Hay que exterminarles para que no nos exterminen.

—Diga usted que si hubiera muchos brigadieres Rotten, pronto se acababa esa casta maligna. Fusilamos realistas por docenas, sin distinción de sexo ni edad, ni formalidades de juicio... ¡Ay del que cae en nuestras manos! Nuestro brigadier dice que no hay otro remedio, ni entienden más razón que el arcabuzazo. Ayer hicimos catorce prisioneros en San Llorens. Hay de toda casta de gentes: mujeres, hombres, dos clérigos, un jesuita que usa gafas, un escribano de setenta años, una mujer pública, dos guerrilleros inválidos; en fin, un muestrario completo. El jefe les ha sentenciado ya; pero como esto no se puede decir así, se hace la comedia de enviarles a la cárcel de Solsona, y por el camino cuando viene la noche y se llega a un sitio conveniente... *pim, pam*, se les despacha en un santiamén, y a otra.

—Si no me engaño —dijo el cautivo—, aquellos paisanos que por allí se ven, son los prisioneros de San Llorens.

En una loma cercana, a distancia de dos tiros de fusil se veía un grupo de personas, custodiadas por la tropa. Parecía un rebaño que se había detenido a sestear.

—Cabalmente —dijo Seudoquis—, aquellos son. Dentro de una hora se pondrán en camino para la eternidad. ¡Y están tan tranquilos!... Como que no han probado aún las recetas del brigadier Rotten...

—Ojo por ojo y diente por diente —dijo el cautivo contemplando el grupo de prisioneros—. ¡Ah, gran canalla!, no se entierran hombres impunemente durante seis meses, no se baila encima de su sepultura para atormentarle, no se les insulta por la reja, no se les arroja saliva e inmundicia, sin sentir más tarde o más temprano la mano justiciera que baja del cielo.

Después callaron todos. No se oía más que el rasgueo de la pluma con que uno de los oficiales escribía, teniendo el papel sobre una cartera y esta sobre sus rodillas. Cuando hubo concluido, el cautivo rogó que se le diese lo necesario para escribir una carta a su madre, anunciándole que vivía, pues, según dijo, en todo el tiempo de su ya concluida cautividad no había podido dar noticia de su existencia a los que le amaban.

—¿Vivirán como yo —dijo tristemente—, o afligidos por mi desaparición habrán muerto?

—Dispénseme usted —manifestó Seudoquis—, pero a medida que hablamos, me ha parecido reconocer en usted a una persona con quien hace algunos años tuve relaciones.

—Sí, señor Seudoquis —dijo el cautivo sonriendo—. El mismo soy. Conspiramos juntos el año 19 y a principios del año 20.

—Señor Monsalud —exclamó el oficial abrazándole—, buen hallazgo hemos hecho sacándole a usted de aquella mazmorra. ¡Ya se ve! ¿Cómo podría conocerle, si está usted hecho un esqueleto?... Además en estos tiempos se olvida pronto. ¡He visto tanta gente desde aquellos felices días!... porque eran felices, sí. Aunque sea entre peligros, el conspirar es siempre muy agradable, sobre todo si se tiene fe.

—Entonces tenía yo mucha fe.

—¡Ah! Y yo también. Me hubiera dejado descuartizar por la libertad.

—¡Con qué afán trabajábamos!

—Sí; ¡con qué afán!

—¡Nos parecía que de nuestras manos iba a salir acabada y completa la más liberal y al mismo tiempo la más feliz Nación de la tierra!

—Sí, ¡qué ilusiones!... Si no estoy trascordado, también nos hallamos juntos en la logia de la calle de las Tres Cruces.

—Sí; allí estuve yo algún tiempo. En aquello nunca tuve mucha fe.

—Yo sí; pero la he perdido completamente. Vea usted en qué han venido a parar aquellas detestables misas masónicas.

—Nunca tuve ilusiones respecto a la Orden de la *Viuda*.

—Pues nosotros —dijo Seudoquis riendo—, tuvimos hasta hace poco en el regimiento nuestra caverna de Adorinam. Pero apenas funcionaba ya. ¡Cuánta ruina, amigo mío!... ¡Cómo se ha desmoronado aquel fantástico edificio que levantamos!... Yo he sido de los que con más gana, con más convicción y hasta con verdadera ferocidad han gritado: *¡Constitución o muerte!* Hábleme usted con franqueza, Salvador, ¿tiene usted fe?

—Ninguna —repuso el cautivo—, pero tengo odio, y por el odio que siento contra mis carceleros, estoy dispuesto a todo, a morir matando facciosos, si el general Mina quiere hacerme un hueco entre sus soldados.

—Pues yo —manifestó Seudoquis con frialdad—, no tengo fe; tampoco tengo odio muy vivo; pero el deber militar suplirá en mí la falta de estas dos poderosas fuerzas guerreras. Pienso batirme con lealtad y llevar la bandera de la Constitución hasta donde se pueda.

—Eso no basta —dijo Monsalud moviendo la cabeza—. Para este conflicto nacional se necesita algo más... En fin, Dios dirá.

Y empezó a escribir a su madre.

VII

Después de dar noticia de su estupenda liberación, exponiendo con brevedad los padecimientos del largo cautiverio que había sufrido, escribió las frases más cariñosas y una patética declaración de arrepentimiento por su desnaturalizada conducta y la impía fuga que tan duramente había castigado Dios. Manifestando después su falta de recursos y que más que un viaje a Madrid le convenía su permanencia en el ejército de Cataluña, rogaba a su madre que vendiese cuanto había en la casa, y juntamente con Solita, se trasladase a la Puebla de Arganzón, donde pasaría a verlas, pidiendo una licencia. Concluía indicando la dirección que debía darse a las cartas de respuesta, y pedía que esta fuera inmediata para calmar la incertidumbre y afán de su alma.

Aquella misma tarde habló con el brigadier Rotten, el cual era un hombre muy rudo y fiero, bastante parecido en genio y modos a don Carlos España. Aconsejole este que viera al general Mina, en cuyo ejército había varias partidas de contraguerrilleros, organizadas disciplinariamente; añadió que él (el brigadier Rotten) se había propuesto hacer la guerra de exterminio, quemando, arrasando y fusilando, en la seguridad de que la supresión de la humanidad traería infaliblemente el fin del absolutismo, y concluyó diciendo que pasaba a la provincia de Tarragona con todas las fuerzas de su mando, excepción hecha del batallón de Murcia, que le había sido reclamado por el general en jefe para reforzar el sitio de la Seo. Monsalud, sin vacilar en su elección, optó por seguir a los de Murcia que iban hacia la Seo.

Salió, pues, Murcia al día siguiente muy temprano en dirección a Castellar, llevando el triste encargo de conducir a los catorce prisioneros de San Llorens de Morunys. Seudoquis no ocultó a Salvador su disgusto por comisión tan execrable; pero ni él ni sus compañeros podían desobedecer al bárbaro Rotten. Púsose en marcha el regimiento, que más bien parecía cortejo fúnebre, y en uno de sus últimos carros iba Monsalud, viendo delante de sí a los infelices cautivos atraillados, algunos medio desnudos, y todos abatidos y llorosos por su miserable destino, aunque no se creían condenados a muerte, sino tan solo a denigrante esclavitud.

Camino más triste no se había visto jamás. Lleno de fango el suelo; cargada de neblina la atmósfera, y enfriada por un remusguillo helado que del Pirineo descendía, todo era tristeza fuera y dentro del alma de los soldados. No se oían ni las canciones alegres con que estos suelen hacer menos pesadas las largas marchas, ni los diálogos picantes, ni más que el lúgubre compás de los pasos en el cieno y el crujir de los lentos carros y los suspiros de los acongojados prisioneros. El día se acabó muy pronto a causa de la niebla que, al modo de envidia, lo empañaba; y al llegar a un ángulo del camino, en cierto sitio llamado *los tres Roures* (los tres robles), el regimiento se detuvo. Tomaba aliento, porque lo que iba a hacer era grave.

Salvador sintió un súbito impulso en su alma cristiana. Eran los sentimientos de humanidad que se sobreponían al odio pasajero y al recuerdo de tantas penas. Cuando vio que la horrible sentencia iba a cumplirse, hundió la cabeza sepultándola entre los sacos y mantas que llenaban el carro, y oró en silencio. Los ayes lastimeros y los tiros que pusieron fin a los ayes, le hicieron estremecer y sacudirse, como si resonaran en la cavidad de su propio corazón. Cuando todo quedó en lúgubre silencio, alzando su angustiada cabeza, dijo así:

—¡Qué cobarde soy! El estado de mi cuerpo, que parece de vidrio, me hace débil y pusilánime como una mujer... No debo tenerles lástima, porque me sepultaron durante seis meses, porque bailaron sobre mi calabozo y me injuriaron y escupieron, porque ni aun tuvieron la caridad de darme muerte, sino por el contrario, me dejaban vivir para mortificarme más.

El regimiento siguió adelante, y al pasar junto al lugar de la carnicería, Salvador sintió renacer su congoja.

—Es preciso ser hombre —pensó—. La guerra es guerra, y exige estas crueldades. Es preciso ser verdugo que víctima. O ellos o nosotros.

Seudoquis se acercó entonces para informarse de su estado de salud. Estaba el buen capitán tan pálido como los muertos, y su mano, ardiente y nerviosa temblaba como la del asesino que acaba de arrojar el arma para no ser descubierto.

—¿Qué dice usted, amigo mío? —le preguntó Salvador.

—Digo —repuso el militar tristemente—, que la Constitución será vencida.

VIII

Hasta el 25 de enero no llegaron a Canyellas donde Mina tenía su cuartel general, frente a la Seo de Urgel. Habían pasado más de sesenta días desde que puso sitio a la plaza, y aunque la Regencia se había puesto en salvo llevándose el dinero y los papeles, los testarudos catalanes y aragoneses se sostenían fieramente en la población, en los castillos y en la formidable ciudadela.

Mina, hombre de mucha impaciencia, tenía en aquellos días un humor de mil demonios. Sus soldados estaban medio desnudos, sin ningún abrigo y con menos ardor guerrero que hambre. A los cuarenta y seis cañones que guarnecían las fortalezas de la Seo, el héroe navarro no podía oponer ni una sola pieza de artillería. El país en que operaba era tan pobre y desolado, que no había medios de que sobre él, como es costumbre, vivieran las tropas. Por carecer estas de todo, hasta carecían de fanatismo, y el grito de *Constitución o muerte* hacía ya muy poco efecto. Era como los cumplimientos, que todo el mundo los dice y nadie cree en ellos. Un invierno frío y crudo completaba la situación, derramando nieves, escarchas, hielos y lluvia sobre los sitiadores, no menos desabrigados que aburridos.

Delante de la miserable casilla que le servía de alojamiento solía pasearse don Francisco por las tardes con las manos en los bolsillos de su capote, y pisando fuerte para que entraran en calor las entumecidas piernas. Era hombre de cuarenta y dos años, recio y avellanado, de semblante rudo, en que se pintaba una gran energía, y todo su aspecto revelaba al guerreador castellano, más ágil que forzudo. En sus ojos, sombreados por cejas muy espesas, brillaba la astuta mirada del guerrillero que sabe organizar las emboscadas y las dispersiones. Tenía cortas patillas, que empezaban a emblanquecer, y una piel bronca; las mandíbulas, así como la parte inferior de la cara, muy pronunciadas; la cabeza cabelluda y no como la de Napoleón, sino piriforme y amelonada a lo guerrillero. No carecía de cierta zandunga su especial modo de sonreír, y su hablar era como su estilo, conciso y claro, si bien no muy elegante; pero si no escribía como julio César, solía guerrear como él.

No le educaron sus mayores sino los menores de su familia, y tuvo por maestro a su sobrino, un seminarista calaverón que empezó su carrera persiguiendo franceses y la acabó fusilado en América. Se hizo general como otros muchos, y con mejores motivos que la mayor parte, educándose en la guerra de la Independencia, sirviendo bien y con lealtad, ganando cada grado con veinte batallas y defendiendo una idea política con perseverancia y buena fe. Su destreza militar era extraordinaria, y fue sin disputa el primero entre los caudillos de partidas, pues tenía la osadía de Merino, el brutal arrojo del Empecinado, la astucia de Albuín y la ligereza del Royo. Sus crueldades, de que tanto se ha hablado, no salían, como las de Rotten, de las perversidades de un corazón duro, sino de los cálculos de su activo cerebro, y constituían un plan como cualquier otro plan de guerra. Supo hacerse amar de los suyos hasta el delirio, y también sojuzgar a los que se le rebelaron como el Malcarado.

Poseía el genio navarro en toda su grandeza, siendo guerrero en cuerpo y alma, no muy amante de la disciplina, caminante audaz, cazador de hombres, enemigo de la lisonja, valiente por amor a la gloria, terco y caprichudo en los combates. Ganó batallas que equivalían a romper una muralla con la cabeza, y fueron obras maestras de la terquedad, que a veces sustituye al genio. En sus crueldades jamás cometió viles represalias, ni se ensañó, como otros, en criaturas débiles. Peleando contra Zumalacárregui, ambos caudillos cambiaron cartas muy tiernas a propósito de una niña de quince meses que el guipuzcoano tenía en poder del navarro. Fuera de la guerra, era hombre cortés y fino, desmintiendo así la humildad de su origen, al contrario de otros muchos, como don Juan Martín, por ejemplo, que, aun siendo general, nunca dejó de ser carbonero.

Salvador Monsalud había conocido a Mina en 1813, durante la conspiración, y después en Madrid. Su amistad no era íntima, pero sí cordial y sincera. Oyó el general con mucho interés el relato de las desgracias del pobre cautivo de San Llorens, y a cada nueva crueldad que este refería, soltaba el otro alguna enérgica invectiva contra los facciosos.

—Ya tendrá usted ocasión de vengarse, si persiste en su buen propósito de ingresar en mi ejército —le dijo, estrechándole la mano—. Yo tengo aquí varias partidas de contraguerrilleros, compuestas de gentes del país y de compatriotas míos que me ayudan como pueden. Desde luego le doy a usted el mando de una compañía; ¿acepta usted?

—Acepto —repuso Salvador—. Nunca fue grande mi afición a la carrera militar; pero ahora me seduce la idea de hacer todo el daño posible a mis infames verdugos, no asesinándolos, sino venciéndolos... Este es el sentimiento de que han nacido todas las guerras. Además yo no tengo nada que hacer en Madrid. El duque del Parque no se acordará ya de mí y habrá puesto a otro en mi lugar. He rogado a mi madre que venda todo y se traslade a la Puebla con mi hermana. No quiero Corte por ahora. Las circunstancias, y una inclinación irresistible que hay dentro de mí desde que me sacaron de aquel horrible sepulcro, me impulsan a ser guerrillero.

—Eso no es más que vocación de general —dijo Mina riendo.

Después convidó a Monsalud a su frugal mesa, y hablaron largo rato de la campaña y del sitio emprendido, que según las predicciones del general, tocaba ya a su fin.

—Si para el día de la Candelaria no he entrado en esa cueva de ladrones —dijo—, rompo mi bastón de mando... Daría todos mis grados por podérselo romper en las costillas a Mataflorida.

—O al arzobispo de Creux.

—Ese se pone siempre fuera de tiro. Ya marchó a Francia por miedo a la chamusquina que les espera. ¡Ah! señor Monsalud, si no es usted hombre de corazón, no venga con nosotros. Cuando entremos en la Seo, no pienso perdonar ni a las moscas. El Trapense, al tomar esta plaza, pasó a cuchillo la guarnición. Yo pienso hacer lo mismo.

—¿A qué cuerpo me destina mi general?

—A la contraguerrilla del *Cojo de Lumbier*. Es un puñado de valientes que vale todo el oro del mundo.

—¿En dónde está?

—Hacia Fornals, vigilando siempre la Ciudadela. Los contraguerrilleros del *Cojo* han jurado morir todos o entrar en la Ciudadela antes de la Candelaria. Me inspiran tal confianza, que les he dicho: «no tenéis que poneros delante de mí sino para decirme que la Ciudadela es nuestra.»

—Entrarán, entraremos de seguro —dijo Monsalud con entusiasmo.

—Y ya les he leído muy bien la cartilla —añadió Mina—. Ya les he cantado muy claro que no tienen que hacerme prisioneros. No doy cuartel a nadie, absolutamente a nadie. Esa turba de sacristantes y salteadores no merece ninguna consideración militar.

—Es decir...

—Que me haréis el favor de pasarme a cuchillo a toda esa gavilla de tunantes... Amigo mío, la experiencia me ha demostrado que esta guerra no se sofoca sino con la ley del exterminio llevada a su último extremo.

Salvador, oyendo esto, se estremeció, y por largo rato no pudo apartar de su pensamiento la lúgubre fase que tomaba la guerra desde que él imaginó poner su mano en ella.

Mina encargó al novel guerrillero que procurara restablecerse dándose la mejor vida posible en el campamento, pues tiempo había de sobra para entrar en lucha, si continuaba la guerra, como era creíble en vista del estado del país y de los amagos de intervención. Otros amigos, además del general, encontró Salvador en Canyellas y pueblos inmediatos; relaciones hechas la mayor parte en la conspiración y fomentadas después en las logias y en los cafés patrióticos.

IX

La Seo de Urgel está situada en la confluencia de dos ríos que allí son torrentes: el Segre, originario de Puigcerdá, y el Balira, un bullicioso y atronador joven enviado a España por la República de Andorra. Enormes montañas la cercan por todas partes y tres gargantas estrechas le dan entrada por caminos que entonces solo eran a propósito para la segura planta del mulo. Sobre la misma villa se eleva la Ciudadela; más al Norte el CASTILLO; entre estas dos fortalezas, el escarpado arrabal de Castel-Ciudad, y en dirección a Andorra la torre de Solsona. La imponente altura de estas posiciones hace muy difícil su expugnación, es preciso andar a gatas para llegar hasta ellas.

El 29 Mina dispuso que se atacara a Castel-Ciudad. El éxito fue desgraciado; pero el 1.º de febrero, operando simultáneamente todas las tropas contra Castel-Ciudad, Solsona y el Castillo, se logró poner avanzadas en puntos cuya conquista hacía muy peligrosa la resistencia de los sitiados. Por último, el día 3 de febrero, a las doce de la mañana, las contraguerrillas del *Cojo* y el regimiento de Murcia penetraban en la Ciudadela, defendida por seiscientos hombres al mando de Romagosa.

Aunque no se hallaba totalmente restablecido, Salvador Monsalud volvía tan rápidamente a su estado normal, que creyó de su deber darse de alta en los críticos días 1.º y 2.º de febrero. Además de que se sentía regularmente ágil y fuerte, le mortificaba la idea de que se le supusiera más encariñado con la convalecencia que con las balas. Tomó, pues, el mando de su compañía de contraguerrillas, a las órdenes del valiente *Cojo de Lumbier*, y fue de los primeros que tuvieron la gloria de penetrar en la Ciudadela. Sin saber cómo, sintiose dominado por la rabiosa exaltación guerrera que animaba a su gente. Vio los raudales de sangre y oyó los salvajes gritos, todo ello muy acorde con su excitado espíritu.

Cuando la turba vencedora cayó como una venganza celeste sobre los vencidos, sintió, sí, pasajero temblor; pero sobreponiéndose a sus sentimientos, recordó las instrucciones de Mina y supo transmitir las órdenes de degüello, con tanta firmeza como el cirujano que ordena la amputación. Vio pasar a cuchillo a más de doscientos hombres en la Ciudadela y no pestañeó; pero no pudo vencer una tristeza más honda que todas las tristezas imaginables, cuando Seudoquis, acercándose a él sobre charcos de sangre y entre los destrozados cuerpos palpitantes, le dijo con la misma expresión lúgubre de la tarde de los tres Roures:

—Me confirmo en mi idea, amigo Monsalud. La Constitución será vencida.

Al día siguiente bajó a la villa de la Seo, que le pareció un sepulcro del cual se acabara de sacar el cuerpo putrefacto. Su estrechez lóbrega y húmeda, así como su suciedad hacían pensar en los gusanos insaciables, y no se podía entrar en ella con ánimo sereno. Como oyera decir que en los claustros de la catedral, convertidos en hospital, había no pocas personas de Madrid, se dirigió allá creyendo encontrar algún amigo de los muchos y diversos que tenía. Grande era el número de heridos y enfermos; mas no vio ningún semblante conocido. En el palacio arzobispal estaban solo los enfermos de más categoría. Dirigiose allá y apenas había dado algunos pasos en la primera sala, cuando se sintió llamado enérgicamente.

Miró y dos nombres sonaron.

—¡Salvador!

—¡Pipaón!

Los dos amigos de la niñez, los dos colegas de la conspiración del 19, los dos hermanos, aunque no bien avenidos de la logia de las Tres Cruces, se abrazaron con cariño. El buen Bragas, que poco antes, viendo malparada la causa constitucional, había corrido a la Seo a ponerse a las órdenes de la Regencia, cual hombre previsor, padecía de un persistente reúma que le impidió absolutamente huir a la aproximación de las tropas liberales. Confiaba el pobrecito en las infinitas trazas de su sutilísimo ingenio para conseguir que no se le causara daño, y como tuvo siempre por norte hacerse amigos, aunque fuera en el infierno, muy mal habían de venir las cosas para que no saliese alguno entre los soldados de Mina. A pesar de todo, estuvo con el alma en un hilo hasta que vio aparecer la figura por demás simpática de su antiguo camarada, y entonces no pudiendo contener la alegría, le llamó y después de estrecharle en sus brazos con la frenética alegría del condenado que logra salvarse, le dijo:

—¡Qué bonita campaña habéis hecho!... Habéis tomado la Seo como quien coge un nido de pájaros... Si he de ser franco contigo, me alegro... No se podía vivir aquí con esa canalla de Regencia... Yo vine por cuenta del Gobierno constitucional a vigilar... ya tú me entiendes; y me marchaba, cuando... ¡Qué desgraciado soy! Pero supongo que no me harán daño alguno, ¿eh?... ¿Tienes influencia con Mina?... Dile que podré ponerle en autos de algunas picardías que proyectan los Regentes. Te juro que diera no sé qué por ver colgado de la torre al arzobispo.

Monsalud después de tranquilizarle pidiole noticias de Madrid y de su familia.

Pipaón permaneció indeciso breve rato, y después añadió con su habitual ligereza de lenguaje:

—¿Pero dónde te has metido? ¿Te secuestraron los facciosos? Ya me lo suponía, y así lo dije a tu pobre madre cuando estuvo en mi casa a preguntarme por ti. La buena señora no tenía consuelo. Se comprende. ¡No saber de ti en tanto tiempo!...

—¿Vive mi madre? —preguntó Salvador—. ¿Está buena?

—Hace algunos días que falto de Madrid y no te puedo contestar —dijo Bragas mascullando las palabras—, pero si recibieses alguna mala noticia no debes sorprenderte. Tu ausencia durante tantos meses y la horrible incertidumbre en que ha vivido tu buena madre, no son ciertamente garantías de larga vida para ella.

—Pipaón, por Dios —dijo Monsalud con amargura—, tú me ocultas algo; tú, por caridad no quieres decirme todo lo que sabes. ¿Vive mi madre?

—No puedo afirmar que sí ni que no.

—¿Cuándo la has visto?

—Hace cuatro meses.

—¿Y entonces estaba buena?

—Así, así...

—¿Y Sola estaba buena?

—Así, así. Las dos parecían tan apesadumbradas, que daba pena verlas.

—¿Seguían viviendo en el Prado, donde yo las dejé?

—No, volvieron a la calle de Coloreros... Comprendo tu ansiedad. Si no hubiera huido con la Regencia una persona que se toma interés por ti, que te nombra con frecuencia, y que hace poco ha llegado de Madrid...

—¿Quién?

—Jenara.

—¿Ha estado aquí?... No me dices nada que no me abrume, Pipaón.

—Marchó con el arzobispo y Mataflorida. ¡Qué guapa está! Y conspira que es un primor. Solo ella se atrevería a meterse en Madrid, llevando mensajes de esta gente de la frontera, como hizo en la primavera pasada, y volver locos a los ministros y a la camarilla... Pero te has puesto pálido al oír su nombre... Ya, ya sé que os queréis bien. Ella misma ha dejado comprender ciertas cosas... ¡Cuánto ha padecido por arrancar de la facción a un hombre secuestrado en Benabarre! Ese hombre eres tú. Bien claro me lo ha dado a entender ella con sus suspiros siempre que te nombraba, y tú con esa palidez teatral que tienes desde que hablamos de ella. Amiguito, bien, bravo; mozas de tal calidad bien valen seis meses de prisión. A doce me condenaría yo por haber gustado esa miel hiblea.

Y prorrumpió en alegres risas, sin que el otro participase de su jovialidad. Reclinado en la cama del enfermo, la cabeza apoyada en la mano, Monsalud parecía la imagen de la meditación. Después de larga pausa, volvió a anudar el hilo del interrumpido coloquio, diciendo:

—¿Conque ha estado aquí hace poco?

—Sí; ¿ves esta cinta encarnada que tengo en el brazo?... Ella me la puso para sujetarme la manga que me molestaba. Si quieres este recuerdo suyo te lo puedo ceder en cambio de la protección que me dispensas ahora.

Salvador miró la cinta, pero no hizo movimiento alguno para tomarla, ni dijo nada sobre aquel amoroso tema.

—¿Y dices que hizo esfuerzos por rescatarme? —preguntó.

—Sí... ¡pobre mujer! Se me figura que te amó grandemente; pero acá para entre los dos, no creo que la primera virtud de Jenara sea la constancia... Si tanto empeño tenía por salvarte, ¿por qué no te salvó, siendo, como era, amiga de Mataflorida, del arzobispo y del barón? Con tomar una orden de la Regencia y dirigirse al interior del país dominado por los arcángeles de la fe... Pero no había quien la decidiera a dar este paso, y antes que meterse entre guerrilleros, me dijo una vez que prefería morir.

—Y ¿crees tú que ella podría darme noticias de mi familia?

—Se me figura que sí —dijo Pipaón poniendo semblante compungido—. Yo le oí ciertas cosas... No será malo, querido amigo, que te dispongas a recibir alguna mala noticia.

—Dímela de una vez, y no me atormentes con tus medias palabras —manifestó Salvador lleno de ansiedad.

—De este mundo miserable —añadió Bragas con una gravedad que no le sentaba bien—, ¿qué puede esperarse más que penas?

—¡Ya lo sé! Jamás he esperado otra cosa.

—Pues bien... Yo supongo que tú eres un hombre valiente... ¿Para qué andar con rodeos y palabrillas?

—Es verdad.

—Si al fin había de suceder; si al fin habías de apurar este cáliz de amargura... ¡Ah, mi querido amigo, siento ser mensajero de esta tristísima nueva!

—¡Oh, Dios mío, lo comprendo todo!... —exclamó Salvador ocultando su rostro entre las temblorosas manos.

—¡Tu madre ha muerto! —dijo Pipaón.

—¡Oh, bien me lo decía el corazón! —balbució el huérfano traspasado de dolor—. ¡Madre querida!, ¡yo te he matado!

Durante largo rato estuvo llorando amargamente.

X

Creyendo ahora conveniente el autor no trabajar más por cuenta propia, vuelve a utilizar el manuscrito de la señora en su segunda pieza, que concuerda cronológicamente con el punto en que se ha suspendido la anterior relación.

Los lectores perdonarán esta larga incrustación ripiosa, tan inferior a lo escrito por la hermosa mano y pensado por el agudo entendimiento de la señora. Pero como la seguridad del edificio de esta historia lo hacía necesario, el autor ha metido su tosco ladrillo entre el fino mármol de la gentil dama alavesa. El segundo fragmento lleva por título: DE PARÍS A CÁDIZ, *y a la letra dice así:*

A fines de diciembre del 22, tuve que huir precipitadamente de la Seo, que amenazaba el cabecilla Mina. No es fácil salir con pena de la Seo. Aquel pueblo es horrible, y todo el que vive dentro de él se siente amortajado. Mataflorida salió antes que nadie, trémulo y lleno de zozobra. No podré olvidar nunca la figura del arzobispo, montando a mujeriegas en un mulo, apoyando una mano en el arzón delantero y otra en el de atrás, y con la canaleja sujeta con un pañuelo para que no se la arrancase el fuerte viento que soplaba. Es sensible que no pueda una dejar de reírse en circunstancias tristes y luctuosas, y que a veces las personas más dignas de veneración por su estado religioso, exciten la hilaridad. Conozco que es pecado y lo confieso; pero ello es que yo no podía tener la risa.

Nos reunimos todos en Tolosa de Francia. Yo resolví entonces no mezclarme más en asuntos de la Regencia. Jamás he visto un desconcierto semejante. Muchos españoles emigrados, viendo cercana la intervención (precipitada por las altaneras contestaciones de San Miguel), temblaban ante la idea de que se estableciese un absolutismo fanático y vengador, y suspiraban por una transacción, interpretando el pensamiento de Luis XVIII. Pero no había quien apease a Mataflorida de su borrica, o sea de su idea de restablecer las cosas *en el propio ser y estado que tuvieron* desde el 10 de mayo de 1814 hasta el 7 de marzo de 1820. Balmaseda le apoyaba, y don Jaime Creux (el gran jinete de quien antes he hablado) era partidario también del absolutismo puro y sin mancha alguna de Cámaras ni camarines; pero el barón de Eroles y Eguía se oponían furiosamente a esta salutífera idea de sus compañeros.

Mi amigo, el general de la coleta (ya separado de la pastelera de Bayona) quería destituir a la Regencia y prender a Mataflorida y al arzobispo. Mataflorida, fuerte con las instrucciones reservadísimas de Su Majestad, que yo y otros emisarios le habíamos traído, seguía en sus trece. La Junta de Cataluña, los apostólicos de Galicia, la Junta de Navarra, los obispos emigrados enviaban representaciones a Luis XVIII para que reconociese a la Regencia de Urgel, mientras la Regencia misma, echándosela de soberana, enviaba una especie de plenipotenciarios de figurón a los Soberanos de Europa.

Nada de esto hizo efecto, y la Corte de Francia, conforme con Eguía y el barón de Eroles, puso a la Regencia cara de hereje. Por desgracia para la causa real Ugarte había sido quitado de la escena política, y todo el negocio, como puede suponerse, andaba en manos muy ineptas. Allí era de ver la rabia de Mataflorida, que alegaba en su favor las órdenes terminantes del Rey; pero nada de esto valía, porque los otros también mostraban cartas y mandatos reales. Fernando jugaba con todos los dados a la vez. ¿Su voluntad quién podía saberla?

Entretanto todo se volvía recados misteriosos de Tolosa a París y a Madrid y a Verona. Eguía se carteaba con el duque de Montmorency, ministro de Estado en Francia, y Mataflorida con Chateaubriand. Cuando este sustituyó a Montmorency en el Ministerio, nuestro marqués vio el cielo abierto, por ser el vizconde de los que con más ahínco habían sostenido en Verona la necesidad de volver del revés las instituciones españolas. Necesitando negociar con él y no queriendo apartarse de la frontera de España por temor a las intrigas de Eguía y del barón de Eroles, me rogó que le sirviese de mensajero, a lo que accedí gustosa, porque me agradaban, ¿a qué negarlo?, aquellos graciosos manejos de la diplomacia menuda, y el continuo zarandeo y el trabar relaciones con personajes eminentes, príncipes y hasta soberanos reinantes. Yo, dicho sea sin perjuicio de la modestia, había mostrado regular destreza para tales tratos, así como para componer hábilmente una intriga; y el hábito de ocuparme en ello había despertado en mí lo que puede llamarse el amor al arte. Mi belleza, y cierta magia que, según dicen, tuve, contribuían no poco entonces al éxito de lo que yo nombraba plenipotencias de abanico.

Tomé, pues, mis credenciales y partí para París con mi doncella y dos criados excelentes que me proporcionó Mataflorida. Estaba en mis glorias. Felizmente yo hablaba el francés con bastante soltura, y tenía en tan alto grado la facultad de adaptación, que a medida que pasaba de Tolosa a Agen, de Agen a Poitiers, de Poitiers a Tours y a París, parecíame que me iba volviendo francesa en maneras, en traje, en figura y hasta en el modo de pensar.

Llegué a la gran ciudad ya muy adelantado febrero. Tomé habitación en la calle del Bac, y después de destinar dos días a recorrer las tiendas del Palais Royal y a entablar algunas relaciones con modistas y joyeros, pedí una audiencia al señor ministro de Negocios Exteriores. Él, que ya tenía noticia de mi llegada, enviome uno de sus secretarios, dignándose al mismo tiempo ofrecerme un billete para presenciar la apertura de las tareas legislativas en el Louvre.

Mucho me holgué de esto, y dispúseme a asistir a tan brillante ceremonia, en la cual debía leer su discurso el Rey Luis XVIII y presentarse de corte todos los grandes dignatarios de aquella fastuosa Monarquía. Confieso que jamás he visto ceremonia que más me impresionase. ¡Qué solemnidad, qué grandeza y lujo! El puesto en que me colocaron los ujieres no era el más cómodo; pero vi perfectamente todo, y la admiración y arrobamiento de mi espíritu no me permitían atender a las molestias.

La presencia del anciano Rey me causó la sensación más viva. Aclamáronle ruidosamente cuando apareció en el gran salón, y en realidad, inspiraba afecto y entusiasmo. Bien puede decirse que pocos reyes han existido más simpáticos ni más dignos de ser amados. Luis XVIII tomó asiento en un trono sombreado con rico dosel de terciopelo carmesí. Los altos dignatarios se colocaron en pie en los escaños alfombrados. No se verá en parte alguna nada más grave ni más suntuoso ni más imponente.

Su Majestad Cristianísima empezó a leer. ¡Qué voz tan dulce, qué acento tan patético! A cada párrafo era interrumpido por vivas exclamaciones. Yo lloraba y atendía con toda mi alma. Se me grabaron profundamente en la memoria aquellas célebres palabras: «He mandado retirar mi embajador. Cien mil franceses, mandados por un príncipe de mi familia, por aquel a quien mi corazón se complace en llamar hijo, están a punto de marchar invocando al Dios de San Luis para conservar el trono de España a un descendiente de Enrique IV, para librar a aquel hermoso reino de su ruina y reconciliarlo con Europa.»

Ruidosos y entusiastas vítores manifestaron cuánto entusiasmaba a todos los franceses allí presentes la intervención. Yo, aunque española, comprendía la justicia y necesidad de esta medida. Así es que dije para mí, pensando en mis paisanos:

—Ahora veréis, brutos, cómo os harán andar derechos.»

Pero el bondadoso Luis XVIII siguió diciendo cosas altamente patrióticas solo bajo el punto de vista francés, y ya aquello no me gustaba tanto; porque, en fin, empecé a comprender que nos trataban como a un hato de carneros. He sido siempre de una volubilidad extraordinaria en mis ideas, las cuales varían al compás de los sentimientos que agitan hondamente mi alma. Así es que de pronto, y sin saber cómo se enfrió un poco mi entusiasmo; y cuando Luis dijo con altanero acento y entre atronadores aplausos aquello de *Somos franceses, señores*, sentí oprimido mi corazón; sentí que corría por mis venas rápido fuego, y pensando en la intervención, dije para mí:

—No hay que echar mucha facha todavía, amiguitos. *Somos españoles, señores*.

Pero no puedo negar que la pompa de aquella Corte, la seriedad y grandeza de aquella Asamblea, acorde con su Rey, y existente con él sin estorbarse el uno a la otra, hicieron grande impresión en mi espíritu. Me acordaba de las discordias infecundas de mi país, y entonces sentía pena.

—Allá —pensé—, tenemos demasiadas Cortes para el Rey y demasiado Rey para las Cortes.

El día siguiente, 1.º de marzo, era el señalado por Chateaubriand para recibirme. Yo tenía vivísimos deseos de verle, por dos motivos: por mi comisión y porque había leído la *Atala* poco antes, hallando en su lectura profundo deleite. No sé por qué me figuraba al vizconde como una especie de *triste Chactas*, de tal modo que no podía pensar en él sin traer a la memoria la célebre canción.

Pero todo cambió cuando entré en el Ministerio y en el despacho del célebre escritor que llenaba el mundo con su nombre y había divulgado la manía de los bosques de América el sentimentalismo católico y las tristezas quejumbrosas a lo René. Vestía de gran uniforme. Su semblante pálido y hermoso no tenía más defecto que el estudiado desorden de los cabellos, que asemejaban su cabeza a una de esas testas de aldeano en cuya selvática espesura jamás ha entrado el peine. En sus ojos había un mirar tan vivo y penetrante, que me obligaba a bajar los míos. Estaba bastante decaído, aunque su edad no pasara entonces de los cincuenta y dos años. Su exquisita urbanidad era algo finchada y fría. Sonreía ligeramente y pocas veces, contrayendo los casi imperceptibles pliegues de su boca de mármol; pero fruncía con frecuencia el ceño, como una maña adquirida por la costumbre de creer que cuanto veía era inferior a la majestad de su persona.

Pareciome que la presencia de la diplomática española le había causado sorpresa. Sin duda creía ver en mí una *maja* de esas que, conforme él dice en uno de sus libros, se alimentan con una bellota, una aceituna o un higo. Debió admirarle mi intachable vestido francés y la falta de aquella gravedad española que consiste, según ellos, en hablar campanudamente y con altanería. En sus miradas creí sorprender una observación algo impropia de hombre tan fino. Pareciome que miraba si había yo llevado el rosario para rezar en su presencia, o alguna guitarra para tocar y cantar mientras durase el largo plazo de la antesala. En sus primeras palabras advertí marcado deseo de llevarme al terreno literario, porque empezó hablando de lo mucho que admiraba a mi país y del Romancero del Cid, asunto que no vino muy de molde en aquella ocasión.

Yo, viéndole en tan buen terreno, y considerando cuánto debía agradarle la lisonja, me afirmé en el terreno literario y le hablé de su universal fama, así como del gran eco de Chateaubriand por todo el orbe. Él me contestó con frases de modestia tan ingeniosas y bien perfiladas, que la misma modestia no las hubiera conocido por suyas. Preguntome si había leído el *Genio del Cristianismo*, y le contesté al punto que sí y que me entusiasmaba, aunque la verdad es que hasta entonces no había ni siquiera hojeado tal libro; mas recordando algunos pasajes de los *Mártires*, le hablé de esta obra y de la gran impresión que en mí produjera. Él pareció maravillado de que una dama española supiera leer, y me dirigió varias galanterías del más delicado gusto. Por mi belleza y mis gracias materiales, yo no debía de ser de palo para el vizconde. Después supe que con cincuenta y dos años a la espalda aún se creía bastante joven para el galanteo, y amaba a cierta artista inglesa con el furor de un colegial.

XI

Entrando de lleno en nuestro asunto, el *triste Chactas* me dijo:

—Ya oiría usted ayer el discurso de Su Majestad. La guerra es inevitable. Yo la creo conveniente para las dos Naciones, y he tenido el honor de sostener esta opinión en el Congreso de Verona y en el Ministerio, contra muchos hombres eminentes que la juzgaban peligrosa. En cuanto a la cuestión principal, que es la clase de Gobierno que debe darse a España, no creo en la posibilidad de sostener el absolutismo puro. Esto es un absurdo, aun en España, y las luces del siglo lo rechazan.

Yo le hice una pintura todo lo fiel que me fue posible del estado de nuestras costumbres y de las clases sociales en nuestro país, así como de los personajes eminentes que en él había, haciendo notar de paso, conforme a mi propósito, que un solo hombre grande existía en toda la redondez de las Españas. Este hombre era el marqués de Mataflorida.

—Reconozco las altas dotes del señor marqués —me dijo Chateaubriand con finísima sonrisa—. Pero la conducta de la Regencia de Urgel ha sido poco prudente. Su manifiesto del 15 de agosto y sus propósitos de conservar el absolutismo puro no pueden hallar eco en la Europa civilizada.

Yo dije entonces, usando las frases más delicadas, que no era fácil juzgar de los sucesos de Urgel por lo que afirmaran hombres tan corrompidos como Eguía y el barón de Eroles, a los cuales, con buenas palabras, puse de oro y azul. Concluí mi perorata afirmando que la voluntad de Fernando era favorable a los planes de Mataflorida.

—Para nosotros —dijo—, no hay otra expresión de la voluntad del Rey de España, que la contenida en la carta que Su Majestad Católica dirigió a nuestro Soberano.

El pícaro me iba batiendo en todos mis atrincheramientos y me desconcertó completamente cuando me dijo:

—El Gobierno francés ha acordado nombrar una Junta provisional en la frontera, hasta que las tropas francesas entren en España.

—¿Y la Regencia?

—La Regencia dejará de existir; mejor dicho, ha dejado de existir ya.

—Pero Fernando no le ha retirado sus poderes, antes bien, se los confirma secretamente un día y otro.

Al oír esto el insigne escritor y diplomático no contestó nada. Conocí que se veía en la alternativa de desmentir mi aserto o de hablar mal de Fernando, y que como hombre de intachable cortesía no quería hacer lo primero, ni como ministro de un Borbón lo segundo. Viéndole suspenso insistí, y entonces me dijo:

—Indudablemente aquí hay algo que ahora no se puede comprender; pero que andando el tiempo se ha de ver con claridad.

Después, deseando mostrarme el más filantrópico interés por la ventura de nuestro país, afirmó que él había trabajado porque se declarara la guerra, sosteniendo para esto penosas luchas con Mr. De Villéle y sus demás colegas; que la resistencia de Inglaterra y de Wellington habían exigido de su parte grandes esfuerzos y constancia, y por último, que aún necesitaba de no poca energía para vencer la oposición a la guerra que las Cámaras mostrarían desde el primer día de sus sesiones.

—Muchos —añadió *Chactas*—, me consideran loco. Otros me tienen lástima. Algunos, y entre ellos los envidiosos, preguntan si podré yo conseguir lo que no fue dado a Napoleón. Pero yo fío al tiempo la consagración de este gran hecho, tan necesario a la seguridad del orden y la justicia en los pueblos de Occidente.

Habló también de las sociedades secretas y de los carbonarios, a quienes parecía tener muchísimo miedo; y yo empecé a comprender que el objeto de la intervención no era poner paz entre nosotros, ni hacernos felices, ni aun siquiera consolidar el vacilante trono de un Borbón, sino aterrar a los revolucionarios franceses e italianos que bullían sin cesar en los tenebrosos fondos de la sociedad francesa, jamás reposada ni tranquila.

Prometió contestar a Mataflorida, mas sin mostrarse muy entusiasta de las altas prendas de mi amigo, ni indicar nada que trascendiese a propósitos de acceder a su petición. Bajo sus frases corteses yo creía descubrir cierto menosprecio de los individuos de la Regencia, y aun de todos los que mangoneaban en la conspiración. De un solo español me habló con acento que indicaba respeto y casi admiración, de Martínez de la Rosa. Atribuí esto a mera simpatía del poeta.

Despedime de él, deplorando el mal éxito de mi embajada, y aquí fue donde se deshizo en cumplidos, buscando y hallando en su fina habilidad cortesana ocasión para deslizar dos o tres galanterías con discretos elogios de mi hermosura y del país *donde florece el naranjo*. Me había tomado por andaluza y yo le dejé en esta creencia.

A los dos días fue a pagarme la visita a mi alojamiento de la calle del Bac, y en su breve entrevista me pareció que huía de mencionar los oscuros asuntos de la siempre oscura España. En los días sucesivos visité a otras personas, entre ellas al ministro de lo Interior, Mr. De Corbiere, y a algunos señores del partido del conde de Artois, como el príncipe de Polignac y Mr. De la Bourdonnais. También tuve ocasión de tratar a dos o tres viejas aristócratas del barrio de San Germán, ardientes partidarias de la guerra de España y no muy bien quistas con el Rey filósofo y tolerante que gobernaba a la Francia, convaleciente aún de la Revolución y del Imperio. De mis conversaciones con toda aquella gente pude sacar en limpio el siguiente juicio, que creo seguro y verdadero. Las personas influyentes de la Restauración deseaban para Francia una Monarquía templada y constitucional fundada en el orden, y para España el absolutismo puro. Con tal que en Francia hubiera tolerancia y filosofía, no les importaba que en España tuviéramos frailes e inquisición. Todo iría bien, siempre que en ninguna de las dos Naciones hubiese franc-masones, carbonarios y demagogos.

Tenían de nuestro país una idea muy falsa. Cuando Chateaubriand, que era el genio de la Restauración, decía de España: *allí el matar es cosa natural, ya sea por amor, ya sea por odio*, puede juzgarse lo que pensarían todas aquellas personas que no supieron escribir el Genio del Cristianismo. Nos consideraban como un pueblo heroico y salvaje, dominado por pasiones violentas y por un fanatismo religioso semejante al del antiguo Egipto.

La princesa de la Tremouille se asombraba de que yo supiera escribir, y me presentó en su tertulia como un objeto curioso, aunque sin dar a conocer ningún sentimiento ni idea que me mortificasen. Yo creo que ni uno solo de sus amigos dejó de enamorarse de mí, ilusionados con la idea de mi sentimentalismo andaluz y de mi gravedad calderoniana, y de la mezcla que suponían en mí de maja y de gran señora, de Dulcinea y de gitana. El más rendido se suponía expuesto a morir asesinado por mí en un arrebato de celos, pues tal idea tenían de las españolas, que en cada una de ellas se habían de hallar comprendidas dos personas, a saber: la cantaora de Sevilla y doña Jimena, la torera que gasta navaja, y la dama ideal de los romances moriscos. Yo me reía con esto y llevaba adelante la broma.

Volviendo al asunto de la guerra de España, diré que al salir de París no tenía duda alguna acerca del pensamiento de los franceses en esta cuestión. Ellos no hacían la guerra por nuestro bien ni por el de Fernando. Poco se les importaba que después de vencido el constitucionalismo, estableciésemos la Carta o el despotismo neto. Allá nos entenderíamos después con los frailes y los guerrilleros victoriosos. Su objeto, su bello ideal era aterrar a los revolucionarios franceses, harto entusiasmados con las demencias de nuestros bobos liberales, y además dar a la dinastía restaurada el prestigio militar que no tenía.

El principal enemigo de los Borbones en Francia era el recuerdo de Bonaparte, y el dejo de aquel dulce licor de la gloria, con cuya embriaguez se habían enviciado los franceses. Una Monarquía que no daba batallas de Austerlitz, que no satisfacía de ningún modo el ardor guerrero de la Nación y que no tocaba el tambor en cualquier parte de Europa, no podía ser amada de aquel pueblo, en quien la vanidad iguala a la verdadera grandeza y que tiene tanta presunción como genio. Era preciso armarla, como decimos en nuestro país; era necesario que la Restauración tuviera su epopeya chica o grande, aunque esta epopeya fuese de mentirijillas; era indispensable vencer a alguien, para poder poner el grito en el cielo y regresar a París con la bambolla de las conquistas. Dios permitió que el *anima vili* de este experimento fuésemos nosotros, y que la desgraciada España, cuya fiereza libró a Europa de Bonaparte, fuese la víctima escogida para proporcionar a Francia el desahoguillo marcial que debía poner en olvido a aquel mismo Bonaparte tan execrado.

Mi viaje a París modificó mucho mis ideas absolutistas en principio, si bien pensando en España no podía admitir ciertas cosas que en Francia me parecían bien. Toda la vida me he congratulado de haber visto y hablado a monsieur de Chateaubriand, el escritor más grande de su tiempo. Aunque su fama se eclipsó bastante después de la revolución del 30, lo cual indica que había en su genio mucho tomado a las circunstancias, no puede negarse que sus obras deleitan y enamoran principalmente por la galanura de su imaginación y la magia de su estilo; y aún deleitarían más si en todas ellas no hablase tanto de sí mismo. Tengo muy presente su persona, por demás agradable, y su rostro simpático y lleno de aquella expresión sentimental que se puso de moda, haciendo que todos los hombres pareciesen enamorados y enfermos. Me parece que le estoy mirando, y ahora como entonces me dan ganas de llevar un peine en el bolsillo y sacarlo y dárselo diciendo: «Caballero, hágame usted el favor de peinarse.»

XII

Ahora hablemos, ¿por qué no?, de la violentísima pasión que inspiré a un francés. Era este el conde de Montguyon, coronel del 3.º de húsares. Yo le había conocido en Tolosa, habiendo tenido la desgracia de que mi persona hiciera profunda impresión en él, trastornando las tres potencias de su alma. Era soltero, de treinta y ocho años, bien parecido y atento y finísimo como todos los franceses. Persiguiome hasta París, donde me asediaba como esos conquistadores jóvenes e impacientes que han oído la célebre frase de César y quieren imitarla. Al principio me mortificaban sus obsequios; le rechazaba hasta con menosprecio y altanería; pero al fin, sin corresponder a su amor de ninguna manera, admití la parte superficial de sus galanterías. Esto le dio esperanza; pero siempre me trataba con el mayor respeto. Deseando, sin duda, identificarse con las ideas que suponía en mi tierra, se había hecho una especie de don Quijote, cuya Dulcinea era yo. A veces me parecía por demás empalagoso; pero después de muchos meses de indiferencia absoluta, empecé a estimarle, reconociendo sus nobles prendas. Cuando me disponía a volver a mi país, se me presentó rebosando alegría, y me dijo:

—Acabo de conseguir que me destinen a la guerra de España. De este modo consigo tres grandes objetos que interesan igualmente a mi corazón:

guerrear por la Francia, visitar la hermosa tierra de España y estar cerca de usted.

Él pretendía que me detuviese para partir juntos; pero a esto no accedí, y me marché dejándole atrás, aunque deseosa ¿a qué negarlo?, de que no me siguiese a mucha distancia, pues a causa del fastidio de viaje tan largo, Francia, con ser tan bella, empezaba a aburrirme de lo lindo.

¿Se creerá que yo había olvidado a mi pobre cautivo de Benabarre? ¡Ah!, no, y hasta el último momento que estuve en la Seo de Urgel me ocupé de su desgraciada suerte. Cada vez que venía a mi pensamiento la idea de sus penas, me estremecía de dolor, y toda alegría se disipaba en mi espíritu. Pero este tiene en sí mismo una energía restauradora, no menos poderosa que la del cuerpo, y sabe curarse de todos sus males siempre que le ayude el mejor de los Esculapios, que es el tiempo.

Voltaire, que no por impío y blasfemo dejó de tener mucho talento, escribió una historieta titulada *Los dos consolados*, en la cual pone de relieve las admirables curas de aquel charlatán, el único cuyos específicos son infalibles. Yo he leído esa novelita, así como otras del célebre escritor sacrílego, y esta debilidad mía, imperdonable quizás en una dama tan acérrima defensora de la religión, la confieso aquí contritamente, rogando a mis lectores que no revelen a ningún cura de mi país tan feo secreto, ocultándolo principalmente al señor canónigo de Tortosa, mi director espiritual, el cual se enfurecerá si le hablan de las novelas de Voltaire, aunque a mí me consta que él también las ha leído.

Pues bien, el tiempo fue cicatrizando mis heridas sin curarlas. Yo también podía erigir una estatua con la inscripción *A celui qui console*, pues la ausencia indefinida y los días que pasaban rápidamente habían calmado aquel insaciable afán de mi alma. En mí reinaba la tranquilidad, pero no el taciturno y seco olvido; y una aparición repentina del ser amado podía muy bien en brevísimo instante, destruir los efectos del tiempo renovando mi mal y aun agravándolo.

Desde París a la frontera no cesaba el movimiento de tropas. Por todas partes convoyes, cuerpos de ejército y oficiales que iban a incorporarse a sus regimientos. Francia podía creerse aún en los días del gran soldado. Hasta Burdeos no tuve noticias ciertas de mi querida Regencia y de mi ilustre mandatario el marqués de Mataflorida. ¡Ay! La suerte de este insigne hombre de Estado no podía ser más miserable. Eguía había triunfado, a pesar de las furiosas protestas del regente de Urgel; y para colmo de desdicha, como aún quisiera este llevar adelante sus locas pretensiones, el duque de Angulema le mandó prender juntamente con el arzobispo, confinándoles a Tours. Así acabaron las glorias de aquellos dos ambiciosos. Yo llegué a tiempo para verles, y cuando manifesté al marqués las poco lisonjeras disposiciones del *triste Chactas*, el atroz Regente, desairado, llamó a Chateaubriand intrigante, enredador, mal poeta y *franchute*. Esta fue la venganza del coloso.

Bayona era un campamento cuando yo llegué. El número de españoles casi superaba al de franceses, y en todos reinaba grande alegría. Reanudé entonces mis buenas relaciones con el barón de Eroles, haciéndole ver que mi viaje a París había tenido por causa asuntos particulares, y entre risas y bromas me reconcilié con Eguía, el cual, por razón del mismo gozo y embobamiento del triunfo, estaba muy dispuesto a perdonar. En cuanto a las negociaciones, yo no tenía humor de seguir ocupándome de ellas, y deseaba retirarme a descansar sobre mis laureles diplomáticos, no solo porque mi entusiasmo absolutista se había enfriado mucho, sino porque desde algún tiempo las conspiraciones y los manejos políticos me causaban hastío. Ya he dicho que siempre fui muy inclinada a la mudanza en mis ocupaciones. Mi espíritu se aviene poco con la monotonía, y si hubo un día en que me sedujeron las embajadas, otro llegó en que me repugnaron. ¡Mágico efecto del tiempo, cuya misión es renovar, creando las estaciones con los admirables círculos del universo! También el alma humana ve en sí la alterada sucesión de las primaveras e inviernos en sus dilataciones y recogimientos.

Yo deseaba entrar en España, y tenía propósito de reanudar las diligencias para averiguar el paradero de mi cautivo de Benabarre. En Bayona, una familia francesa legitimista, con quien yo tenía antigua amistad, me convidó a pasar unos días en su casa de campo inmediata a Behobia, y unos parientes míos invitáronme a que les acompañase a Irún un par de semanas. A ambos ofrecimientos accedí, empezando por el de Behobia, aunque la frontera no me parecía el punto más a propósito para residir en los momentos en que principiaba la guerra. Pero la gente de aquel país estaba segura de que

Angulema atravesaría fácilmente el Pirineo, por ser muy adicto al absolutismo todo el país vasco-navarro.

Todavía no había pasado Su Alteza la raya, cuando se rompió el fuego junto al mismo puente internacional. Los carbonarios extranjeros que andaban por España, unidos a otros perdidos de nuestro país, habían formado una legión con objeto de hacer frente a las tropas francesas. Constaba aquélla de doscientos hombres, tristes desechos de la ley demagógica de Italia, de Francia y de España; y para seducir a los cien mil hijos de San Luis, se habían vestido a la usanza imperial, y ondeando la bandera tricolor, gritaban en la orilla española del Bidasoa: «¡Viva Napoleón II!»

Su objeto era fascinar a los artilleros franceses con este mágico grito; mas tuvieron la desdicha de que tales aclamaciones fueran contestadas a cañonazos, y con sus banderas y sus enormes morriones huyeron a San Sebastián. Pasma la inocente credulidad de los carbonarios extranjeros y de los masones españoles. Oí decir en Behobia que los liberales franceses Lafayette, Manuel, Benjamín, Constant y otros fiaban mucho en los doscientos legionarios mandados por el republicano emigrado coronel Fabvier. ¡Qué desvaríos engendra el furor de partido! Corría esto parejas con la necia confianza del Gobierno español, que, aun después de declarada la guerra, no había tomado disposiciones de ninguna clase, hallándose sus tropas sin más recursos ni elementos que el parlerío de los milicianos y el gárrulo charlatanismo de los clubs.

Hacia los primeros días de abril vi pasar a los generales de división Bourdessoulle, duque de Reggio, y Molitor, que entraron en España por Behobia. Después pasó Su Alteza el sobrino de Luis XVIII, con todo su Estado mayor, en el cual iba Carlos Alberto, príncipe de Carignan. No se puede imaginar cortejo más lucido. Yo no había visto nada tan magnífico y deslumbrador, como no fuera la comitiva de José Bonaparte antes de darse la batalla de Vitoria el año 13, feliz para la causa española, pero de muy malos recuerdos para mí, porque en él perdí la batalla de mi juventud, casándome como me casé.

También vi pasar a mi amigo Eguía remozado por la emoción y tan vanaglorioso del papel que iba a representar que no se le podía resistir, como no fuera tomando a broma sus bravatas. Iban con él don Juan Bautista Erro y

Gómez Calderón, aquel a quien el mordaz Gallardo llamaba *Caldo pútrido*. El barón de Eroles, que con los anteriores tipos debía formar la Junta al amparo del Gobierno francés, entró por Cataluña con el mariscal Moncey.

No recibieron a los franceses las bayonetas ni la artillería del Gobierno constitucional, sino una nube de guerrilleros, que les abrieron sus fraternales brazos, ofreciéndose a ayudarles en todo y a marchar a la vanguardia, abriéndoles el camino. Tal apoyo era de grandísimo beneficio para la causa, porque los partidarios realistas ascendían a 35.000 ¡Ay de los franceses si hubieran tenido en contra a aquella gente! Pero les tenían a su favor, y esto solo ¡qué fenómeno!, ponía al buen Angulema por encima de Napoleón. El absolutismo español no podía hacer al hijo de San Luis mejor presente que aquellos 35.000 salvajes, entre los cuales (¡cuánto han variado mis ideas, Dios mío!) tengo el sentimiento de decir que estaba mi marido. ¡Y yo le había admirado, yo le había aceptado por esposo diez años antes solo por ser guerrillero!... Cuando se hacen ciertas cosas, ya que no es posible que el porvenir se anticipe para avisar el desengaño, debiera caer un rayo y aniquilarnos.

XIII

El conde de España mandaba las partidas de Navarra, Quesada las de las Provincias Vascongadas y Eroles las de Cataluña. ¡Cómo fraternizaron las partidas con los franceses, que habían sido origen de su nacimiento en 1808! Era todo lo que me quedaba por ver. Se abrazaban, dando vivas a San Luis, a San Fernando, a la religión, a los Borbones, al Rey, a la Virgen María, a San Miguel arcángel y a los Sermos. Infantes. Yo no lo vi, porque no quise pasar la frontera. Me repugnaban estas cosas, y los soldados de la fe habían llegado poco a poco a serme muy antipáticos.

Largamente hablé de esto con el conde de Montguyon, que me perseguía tenazmente, permaneciendo en Behobia todo el tiempo que le fue posible. Él elogiaba a los guerrilleros, diciendo que, a pesar de sus defectos, eran tipos de heroísmo y de aquella independencia caballeresca que tanto había enaltecido el nombre español en otros tiempos. También le seducían por ser, como los frailes, gente muy pintoresca. Mi Don Quijote era una especie de artista, y gustaba de hacer monigotes en un libro, dibujando arcos viejos, mendigos, casuchas, una fila de chopos, carros, lanchas pescadoras y otras menudencias de que estaba muy envanecido.

Debía ser próximamente el 9 de abril cuando me trasladé a Irún para vivir con la familia de Sodupe-Monasterio, gente muy hidalga, más católica que el Papa, realista hasta el martirio y de afabilísimo trato. Frecuentaban la casa (que era más bien palacio con hermosos prados y huerta) todos los españoles que el gran suceso de la intervención traía y llevaba de una Nación a otra, y muchos oficiales franceses, de cuyas visitas se holgaban mucho los Sodupe-Monasterio, porque oían hablar sin cesar de exterminio de liberales, del trono de San Fernando y de nuestra preciosísima fe católica.

Allí Montguyon no me dejaba a Sol ni a sombra, pintándome su amor con colores tan extremados, que me daba lástima verle y oírle. Su acendrado y respetuoso galanteo merecía, en efecto, alguna misericordia. Le permití besar mi mano; pero no pudo arrancarme la promesa de seguirle al interior de España. Cada vez sentía yo más deseos de quedarme en Irún y en aquella apacible vivienda, donde, sin que faltara sosiego, había bastantes elementos para combatir el fastidio. Con esta resolución, mi don Quijote, que ya parecía querer dejar de serlo en la pureza de sus ensueños amorosos, estaba desesperado. Despidiose de mí muy enternecido y besándome con ardor las manos, voluptuosidad inocente de que nunca se hartaba. ¡Cuán lejos estaba el llagado amante de que no pasarían dos horas sin que cambiara diametralmente mi determinación!

Pasó del modo siguiente. Al saber que yo estaba en Irún, fue a visitarme un individuo, que aún no podía llamarse personaje, y al cual conocí en Madrid el año anterior, y también el 19. Se llamaba don Francisco Tadeo Calomarde, y era de la mejor pasta de servil que podía hallarse por aquellos tiempos. Hijo del ministro de Gracia y Justicia, se había criado en los cartapacios y en el papel de pleitos: los legajos fueron su cuna y las reales cédulas sus juguetes. Su jurisprudencia llena de pedantería me inspiraba aversión. Tenía fama de muy adulador de los poderosos, y según se decía, compró el primer destino con su mano, casándose con una muchacha muy fea a quien dio malísimos tratos.

Los que le han juzgado tonto se equivocan, porque era listísimo, y su ingenio, más bien socarrón que brillante, antes agudo que esclarecido, era maestro en el arte de tratar a las personas y de sacar partido de todo. Habíase hecho amigo de don Víctor Sáez, y aun del mismo Rey y del Infante don Carlos, por sus bajas lisonjas y lo bien que les servía siempre que encontraba ocasión para ello.

Entonces tenía cincuenta años, y acababa de salir del encierro voluntario a que le redujo el régimen liberal. Había ido a la frontera para llevar no sé qué recados a los señores de la Junta. Me lo dijo, y como no me importaban ya gran cosa los dimes y diretes de los realistas, que no por estar tan cerca de la victoria dejaban de andar a la greña, fijeme poco en ello, y lo he olvidado. Calomarde no era mal parecido ni carecía de urbanidad, aunque muy hueca y afectada, como la del que la tiene más bien aprendida que ingénita. La humildad de su origen se traslucía bastante.

Hablamos de los sucesos de Madrid que él había presenciado y prolijamente me informó de todo.

—Siento que usted no hubiera estado por allá —me dijo—; habría visto cómo se iba desbaratando el constitucionalismo, solo con el anuncio de la intervención. Si no podía ser de otra manera... Ahora están que no les llega la camisa al cuerpo, y en ninguna parte se creen seguros. Después que ultrajaron a Su Majestad, le han arrastrado a Andalucía con el dogal al cuello, como al mártir a quien se lleva al sacrificio.

—No tanto, señor don Tadeo —le dije—, Su Majestad habrá ido como siempre, en carroza, y mucho será que los mozos de los pueblos no hayan tirado de ella.

—Eso se deja para la vuelta —indicó Calomarde riendo—. Ahora los francmasones han seducido a la plebe, y Su Majestad, por donde quiera que va, no oye más que denuestos. El 19 de febrero, cuando se alborotaron los masones y comuneros porque estos querían sustituir a aquellos en el Ministerio, los chisperos borrachos y los asesinos del Rastro daban *mueras* al Rey y a la reina. Un diputado muy conocido apareció en la Plaza mayor mostrando una cuerda con la cual proponía ahorcar a Su Majestad y arrastrarle después. La canalla penetró hasta la Cámara real. ¡Escándalo de los escándalos! Parecía que estábamos en Francia y en los sangrientos días de 1792. El mismo Rey me ha dicho que los ministros entraban en la Cámara cantando el himno de Riego.

—¡Oh, no tanto, por Dios! —repetí, ofendida de las exageraciones de mis amigos—. Poco mal y bien quejado.

—Me parece que usted, con sus viajes a Francia y sus relaciones con los ministros del liberal y filósofo Luis XVIII, se nos está volviendo franc-masona —dijo don Tadeo entre bromas y veras—. ¿Hay en la historia desacato comparable con el de obligar al Rey a partir para Andalucía?

—¡Oh, Dios nos tenga de su mano!... ¡qué desacato!, ¡qué ignominia!... —exclamé, remedando sus aspavientos—. Es preciso considerar que un Gobierno, cualquiera que sea, está en el caso de defenderse, si es atacado.

—Según mi modo de ver, un Gobierno de pillos no merece más que el decreto que ha de mandar a Ceuta a todos sus individuos. ¡Ah, señora mía, y cómo se ha entibiado el fervor de usted! Bien dicen que los aires de esa Francia loca son tan nocivos...

—Creo lo mismo que creía; pero mi absolutismo se ha civilizado, mientras el de ustedes continúa en estado salvaje. El mío se viste como la gente y el de ustedes sigue con taparrabo y plumas. Si el Gobierno de pillos ha resuelto refugiarse en Andalucía, llevándose a la Corte, ha sido para no estar bajo la amenaza de los batallones franceses.

—Ha sido —dijo Calomarde riendo brutalmente—, porque sabían que Madrid no tiene defensa posible; que los ejércitos de Ballesteros y de La Bisbal son dos fantasmas; que cuatro soldados y un cabo de los del Serenísimo señor duque de Angulema, podían cualquier mañanita sorprender a la Villa y a los *Siete Niños* y al Congreso entero y al Ayuntamiento soberano y a toda la comunidad masónica y Landaburiana. Esta es la pura verdad. ¡Y qué bonito espectáculo han dado al mundo! En presencia de la intervención armada, ¿cómo se preparan esos mentecatos para conjurar la tormenta? Llamando a las armas a treinta mil hombres y disponiendo (esto es lo más salado) que con los milicianos que quieran seguir al Congreso se formen algunos batallones, recibiendo cada individuo cinco reales diarios. ¡Se salvó la patria, señora!

—El Gobierno —repuse prontamente—, creyó sin duda que los franceses eran como los Guardias del 7 de julio, es decir, simples juguetes de miliciano.

—¡Ya se lo diremos de misas! —dijo frotándose las manos—. Ya pagarán su alevosía. Solo por el hecho de obligar a nuestro Soberano a un viaje que no le agradaba, merecerían todos ellos la muerte.

—Hasta los Reyes están en el caso de hacer alguna vez lo que no les agrada.

—Incluso viajar con un ataque de gota, ¿eh? ¡Crueles y sanguinarios, más sanguinarios y crueles que Nerón y Calígula! Ni a un perro vagabundo de las calles se le trata peor.

—Si el Rey no tenía en aquellos días ataque de gota —repliqué complaciéndome en contradecirle—. Si estaba bueno y sano. La prueba es que después de clamorear tanto por su enfermedad, anduvo algunas leguas a pie el primer día de viaje.

—Bueno, concedo que Su Majestad estaba tan bueno como yo. ¿Y si no quería partir?

—Que hubiera dicho «no parto.»

—¿Y si le amenazaban?

—Haberles ametrallado.

—¿Y si no tenía metralla?

—Haberse dejado llevar por la fuerza.

—¿Y si le mataban?

—Haberse dejado matar. Todo lo admito menos la cobardía.

—Amiguita, usted se nos ha *franc-masoneado* —me dijo el astuto intrigante dando cariñosa palmada en mi mano—. A pesar de esto, siempre la queremos mucho y la serviremos en lo que podamos. Yo estoy siempre a las órdenes de usted.

Inflado de vanidad, el amigo del Rey hizo elogios de sí mismo, y después añadió:

—He tenido el honor de ser indicado para secretario de la Junta que se va a formar en la frontera.

—¡Oh, amigo mío, doy a usted la enhorabuena! —manifesté sumamente complacida y deplorando entonces haber estado algo dura con Calomarde—. No se podía haber pensado en una persona más idónea para puesto tan delicado.

—¿Se le ofrece a usted algo? —dijo don Tadeo comprendiendo al punto mi cuarto de conversión.

—Sí; pero yo acostumbro dirigirme siempre a la cabeza —afirmé resueltamente—. Ya sabe usted que soy muy amiga del general Eguía, presidente de la Junta.

—¡Ah!, entonces...

—Sin embargo. No puedo molestar a Su Excelencia con ciertas menudencias tales como pedir noticias de personas, averiguar alguna cosilla de poca monta...

—Para esto es más propio un secretario tan bien informado como yo de todos los pormenores de la causa.

—Exactamente. Dígame usted, si lo sabe, en dónde está ahora un pícaro de mala estofa, que se emplea en bajas cábalas del Rey y tiene por nombre José Manuel Regato.

—¡Ah! ¡Regato!... Debe de andar por Andalucía con la Corte. No es de mi negociado ese caballero... ¿Qué? ¿Hay ganas de sentarle la mano?

—Por sentarle la derecha daría la izquierda.

—Pocas noticias puedo dar a usted del señor Regato. Tengo con él muy pocas relaciones. Quizás Pipaón, que conoce a todo el mundo, pueda indicar dónde se halla y el modo de sentarle, no una mano, sino las dos, siempre que sea preciso.

—Y Pipaón, ¿dónde está?

—Aquí.

—¡Aquí! ¡Pipaón!... —exclamé con gozo—. Yo le dejé en la Seo muy enfermo y creí que había caído en poder de Mina.

—En efecto cayó; pero él... ya usted le conoce... Con su destreza y habilidad parece que encontró por allí amigos que le favorecieron.

—Quiero verle, quiero verle al punto —dije con la mayor impaciencia—. Deseo mucho tener noticias de la Seo y de las facciones de Cataluña.

Y entonces se realizó aquel proverbio que dice: «En nombrando al ruin de Roma...»

Por la vidriera que daba a la huerta de la casa viose la mofletuda cara y el pequeño cuerpo de Pipaón, que habiendo tenido noticia de mi residencia en Irún iba también a verme. Mucho nos alegramos ambos de hallarnos juntos, y nuestras primeras palabras después de los cordiales saludos fueron para recordar los tristes días de la Seo, su enfermedad y mi abatimiento, y luego por el enlace propio de los recuerdos, que van de lo triste a lo placentero, hablamos del miedo del arzobispo, de las casacas que usaba Mataflorida y de otras cosas frívolas y chistosas, de esas que ocurren siempre en los días trágicos y nunca faltan en los duelos. Después de estos desahogos, Pipaón, tomando aquel tono burlesco que unas veces le sentaba bien y otras le hacía muy insoportable, me dijo:

—Le traigo a usted noticias muy buenas de una persona que le interesa, y con las noticias una cartita.

XIV

Yo me puse pálida. Comprendí de quién hablaba Pipaón, pero no me atreví a decir una palabra, por hallarse delante el entrometido y curioso Calomarde, gran coleccionador de debilidades ajenas. Varié de conversación, aguardando, para saciar mi afanosa curiosidad, a que don Tadeo se marchase; pero el pícaro había conocido en mi semblante la turbación y ansiedad que me dominaban, y no se quería retirar. Parecía que le habían clavado en la silla. ¡Ay qué gusto tan grande poder coger un palo y romperle con él la cabeza!... ¡Qué pachorra de hombre!

Quise arrojarle con mi silencio; pero él era tan poco delicado que conociendo mi mortificación, se arrellanaba en el blando asiento como si pensara pasar allí el día y la noche. Pipaón con su expresivo semblante me decía mil cosas, que no podía yo comprender claramente, pero que me deleitaban como avisos o presentimientos lisonjeros. Llegó un momento en que los tres nos callamos, y callados estuvimos más de un cuarto de hora. Calomarde tocaba una especie de paso doble con su bastón en la pata de la mesa cercana. El grosero y pegajoso cortesano había resuelto quemarme la sangre u obligarnos a Pipaón y a mí a que hablásemos en su presencia.

Resistí todo el tiempo que pude. Mi carácter fogoso no puede ir más allá de cierto grado de paciencia, pasado el cual, estalla y se sobrepone a todo, atropellando amistades, conveniencias y hasta las leyes de la caridad. Nunca he podido corregir este defecto, y la estrechez de los límites de mi paciencia me ha proporcionado en esta vida muchos disgustos. Forzando la voluntad puedo a veces aguantar más de lo que permite la extraordinaria fuerza de dilatación de mi espíritu; pero entonces estallo con más violencia, rompo mis ligaduras a la manera de Sansón y derribo el templo. Vino por fin el momento en que se me subió la mostaza a la nariz, como dicen las majas madrileñas, y poniéndome en pie súbitamente, miré a Calomarde con enojo. Señalándole la puerta, exclamé:

—señor don Tadeo, tengo que hablar con Pipaón: le suplico a usted que nos deje solos.

Debían de ser muy terribles mi expresión y mi gesto, porque Calomarde se levantó temblando, y con voz turbada me dijo:

—Señora, manos blancas no ofenden.

¡Manos blancas no ofenden! Diez años después Calomarde debía pronunciar esta frase al recibir un desaire más violento que el mío, la célebre bofetada de la Infanta Carlota, una princesa que, como yo, tenía muy limitado el tesoro de su paciencia y estallaba con tempestuosas cóleras, cuando la bajeza y solapada intriga de los Calomardes se interponían en su camino.

Pipaón y yo nos quedamos solos. En pocas palabras me refirió que había visto a Salvador Monsalud sano y salvo en la Seo de Urgel. Al oír esto el corazón dio un salto dentro de mí como una cosa muerta que torna a la vida, como un Lázaro que resucita por sobrehumano impulso.

—Mina le salvó en San Llorens de Morunys —me dijo—, y desde que se restableció se puso a mandar una compañía de contraguerrilleros.

Al decir esto, Pipaón me alargó una carta, que abrí con presteza febril, queriendo leerla antes de abrirla. Al mismo tiempo, y de una sola ojeada leí el fin y el principio y el medio. Era la carta pequeña y fría. Decíame en ella que estaba en libertad y que no pensaba salir en mucho tiempo del lugar donde estaba fechada, que era Urgel. Sentí mi corazón inundado de un torrente de sangre glacial al ver que no contenía la carta expresiones de ardiente cariño.

—¿De modo que sigue en Cataluña? —pregunté a don Juan.

—No señora. A estas horas va camino de Madrid.

—Pues ¿cómo dice en su carta que no piensa salir de la Seo?

—Esa carta me la dio cuando nos separamos, el día 30 de marzo, pero dos días después supe, por nuestro común amigo el capitán Seudoquis, que

Mina había encargado a Salvador que fuese a Madrid a llevar un mensaje reservadísimo a San Miguel y a otras personas.

—¿De modo que está?...

—Sobre Madrid, como se dice en los partes militares.

—Pero eso ¿es cierto?

—Tan cierto como que estoy hablando con una dama hermosa.

—¿Y salió?...

—Según mis noticias, el 10 de este mes. No sabía qué camino tomar; pero, según me dijo Seudoquis, estaba decidido a ir por Zaragoza que es el más derecho, aunque no el menos peligroso.

—¿Sabe la muerte de su madre?

—Yo le di la mala noticia.

—Pero ¿qué va a hacer ese hombre en Madrid? —dije sintiendo una tempestad en mi cerebro—. Si allí no hay ya Gobierno ni nada.

—Pero está en Madrid el gran Consejo de la franc-masonería. Mina es de la Orden de la Acacia, señora. Ahora se trata de que la *Viuda* haga un esfuerzo supremo.

En mi espíritu notaba yo aquella poderosa fuerza de dilatación de que antes he hablado. Unas cuantas palabras habían trastornado todo mi ser; mi pulso latía con violencia; asaltáronme ideas mil, y el ardoroso afán de movimiento que ha sido siempre una de las fórmulas más patentes de mi carácter se apoderó de mí. Sin necesidad de que yo le despidiese, dejome Pipaón, que iba en busca de Eguía para solicitar un puesto en la Junta, y después de pasada mi turbación, pude sondear aquel revuelto piélago de mi espíritu y mirar con serenidad lo que en el fondo de él había.

¡Cuán grande había sido mi engaño al creer moribunda la afición aquella que tantas dulzuras dio a mi alma en el verano del 22! La ausencia habíala escondido entre las cenizas que diariamente depositan los sucesos de cada instante, esa multitud de ascuas de la vida que van pasando sin interrupción y apagándose hora tras hora. Pero aquella ascua del verano del 22 era demasiado grande y quemadora para pasar y extinguirse como las demás.

Bastó que oyera pronunciar su nombre, que me le anunciaran vivo para que se verificase en mí un brusco retroceso a los días de mi felicidad y de mi desgracia. El tiempo volvió atrás; las figuras veladas perdieron la sombra que las encubría; las apagadas palabras que solo eran ya ecos confusos, volvieron a sonar como cuando eran la música a cuyo compás danzaba con la embriaguez de la pasión mi alma. ¡Cuánto me había engañado y qué juicios tan erróneos hacemos de nuestros propios sentimientos y de todo aquello que está lejos! Nos pasa lo mismo que al ver las lontananzas de la tierra, cuando confundimos con las vanas y pasajeras nubes los montes sólidos e inmutables que ninguna fuerza humana puede arrancar de sus seculares asientos.

Fue aquello como una vuelta, como un ángulo brusco en el camino de la vida. Desde entonces vi nuevos horizontes, paisaje nuevo, y otra gente y otros caminos. ¡Y yo había creído poder olvidarle y aun poner en su altar vacío al conde de Montguyon! ¡Qué delirio!... ¡Lo que pueden la ausencia, la distancia, la ignorancia! El tiempo que me había consolado, hiriome de nuevo, y un día, un instante marcado en mi vida por cuatro palabras como cuatro estrellas resplandecientes, había destruido la obra lenta de tantos meses.

Con la presteza que Dios me ha dado formé mi plan de viaje. Tengo algo del genio de Napoleón para esto de los grandes movimientos. Para mí la facultad de trasportar todo el interés de la vida de un punto a otro del mundo es otra prenda muy principal de mi carácter, y al mismo tiempo una necesidad a la que muy difícilmente puedo resistir. El destino me ha presentado siempre los sucesos a propósito para tales juegos de estrategia sublime.

Aquella misma tarde dispuse todo, y por la noche sorprendí a mi don Quijote con la noticia de mi viaje. Aficionada a jugar con los corazones que caen en mis manos (a excepción de uno solo), como juega el gatito con el ovillo que rueda por el suelo, dije al conde de Montguyon:

—Me he asustado de la soledad en que voy a quedar después que usted se marche, y voy a Madrid. De esta manera podré vigilar a cierto caballero francés por si anda en malos pasos.

Él se puso tan contento, que olvidó aquella noche hablarme de la guerra y de los laureles que iban a recoger. Parecía un loco hablando de los alcázares de Granada, de los romances moriscos, de las ricas hembras, de las boleras, de los frailes que protegían los amores de los grandes, de las volcánicas pasiones españolas y de las mujeres enamoradas que eran capaces del martirio o del asesinato. Él se creía héroe de mil aventuras románticas e interesantes caballerías, tales como se las había imaginado leyendo obras francesas sobre España. Empleo la palabra *románticas* porque si bien no estaba en moda todavía, es la más propia. El romanticismo existía ya, aunque no había sido bautizado. Excuso decir que Montguyon me juró amor eterno y una fidelidad inquebrantable como la del Cid por doña Jimena.

Yo necesitaba de él para mi viaje, por lo cual me guardé muy bien de arrancar una sola hoja a la naciente flor de sus ilusiones. Era muy difícil viajar entonces porque casi todos los vehículos del país habían sido intervenidos por ambos ejércitos. Montguyon me prometió una silla de postas. Y cumplió su oferta, poniéndola a mi disposición al día siguiente.

Con el primer movimiento del ejército francés, coincidió mi marcha sobre Madrid, como una conquistadora. El estrépito guerrero que en derredor mío sonara, despertaba en mi mente ideas de Semíramis.

XV

Pasé por Vitoria y por la Puebla de Arganzón, como los días felices por la vida del hombre, a escape. No miraba a ningún lado, por miedo a mis malos recuerdos, que salían a detenerme.

En los pueblos todos del Norte la intervención vencía sin batallas, y antes de que asomara el morrión del primer francés de la vanguardia, la Constitución estaba humillada. Los mozos todos comprendidos en la quinta ordenada por el Gobierno, se unían a las facciones, y eran muy pocos los milicianos que se aventuraban a seguir a los liberales. No he visto una propagación más rápida de las ideas absolutistas. Era aquello como un incendio que de punta a punta se desarrolla rápidamente y todo lo devora. En medio de las plazas los frailes predicaban mañana y tarde, con pretexto de la Cuaresma, presentando a los franceses como enviados de Dios, y a los liberales como alumnos de Satanás que debían ser exterminados.

El general Ballesteros mandaba el ejército que debía operar en el Norte y línea del Ebro para alejar a los franceses. No viendo yo a dicho ejército por ninguna parte, sino inmensas plagas de partidas, pregunté por él, y me dijeron en Bribiesca que Ballesteros, convencido de no poder hacer nada de provecho, se había retirado nada menos que a Valencia. Movimiento tan disparatado no podía explicarse en circunstancias normales; pero entonces todo lo que fuera desastres y yerros del liberalismo tenía explicación.

Al ver cómo crecía en los pueblos la aversión a las Cortes y al Gobierno, el ejército perdía el entusiasmo. A su paso, como se levanta polvo del camino, levantábanse nubes de facciosos que al instante eran soldados aguerridos. Así se explica que el ejército de Ballesteros, compuesto de dieciséis mil hombres, se retirara sin combatir emprendiendo la inverosímil marcha a Valencia, donde podía adquirir algún prestigio derrotando a Sempere, al Locho y al carretero Chambó, tres nuevos generales o arcángeles guerreros que le habían salido a la fe.

En Dueñas me adelanté, dejando atrás a los franceses; tenía tanta prisa como ellos y menos estorbos en el camino, aunque los suyos no eran tampoco grandes. ¡Cuánto deseaba yo ver tropas regulares españolas por alguna parte! En verdad, me daba vergüenza que los hijos de San Luis, a pesar de que nos traían orden y catolicismo, se internaran en España tan fácilmente. Con todo mi absolutismo yo habría visto con gusto una batalla en que aquellos liberales tan aborrecidos dieran una buena tunda a los que yo llamaba entonces mis aliados. Española antes que todo, distaba mucho de parecerme a los señores frailes y sacristanes que en 1808 llamaban judíos a los franceses y ahora ministros de Dios.

En Somosierra encontré tropas. Eran las del ejército de La Bisbal, destinado por las Cortes a cerrar el paso del Guadarrama, amparando de este modo a Madrid. Mis dudas acerca del éxito de aquella empresa fueron grandes. Yo conocía a La Bisbal. ¿Cómo no había de conocerle si le conocía todo el mundo? Fue el que el año 14 se presentó al Rey llevando dos discursos en el bolsillo, uno en sentido realista y otro en sentido liberal, para pronunciar el que mejor cuadrase a las circunstancias. Fue el que en 1820 hizo también el doble papel de ordenancista y de sedicioso. La inseguridad de sus opiniones había llegado a ser proverbial. Era hombre altamente penetrado del axioma italiano *ma per troppo variar natura e bella*. Yo no comprendía en qué estaba pensando el Gobierno cuando le nombró. Si los ministros se hubieran propuesto elegir para mandar el ejército más importante al hombre más a propósito para perderlo, no habrían elegido a otro que a La Bisbal.

Pasé con tristeza por entre su ejército. Aquellos soldados, capaces del más grande heroísmo, me inspiraban lástima, porque estaban destinados a desempeñar un papel irrisorio, como leones a quienes se obliga a bailar. Sentía yo impulsos de arengarles, diciéndoles: «¡que os engañan, pobres muchachos! No dejéis las armas sin combatir. Si os hablan de capitulación, degollad a vuestros generales.»

En Madrid hallé un abatimiento superior a lo que esperaba. Se hablaba allí de capitular como de la cosa más natural del mundo. Solo tenían entusiasmo algunos infelices que no servían para nada, el cuerpo de coros de los clubs y de las sociedades secretas, la gente gritona y también muchos de los que habían tirado del coche de Fernando VII cuando volvió de Francia el año 14. Los absolutistas creían con razón ganada la partida y afectaban cierta generosidad magnánima. ¡Pobre gente! Algunos de estos pajarracos vinieron a visitarme, entre ellos don Víctor Sáez, y tuve el gusto de mortificarles asegurándoles que Angulema traía orden de obsequiarnos con las dos Cámaras y un absolutismo templado, suavísimo emoliente para nuestra anarquía. Esto ponía a mis buenos amigotes más furiosos que las bravatas de los liberales, pues aún había liberales con alma bastante para echar bravatas.

Pero yo me ocupaba poco de tales cosas. Mi primer cuidado fue hacer algunas averiguaciones concernientes a la entrañable política de mi herido corazón. Felizmente a la casa donde yo vivía, que era honradísimo albergue de una noble familia alavesa, iba a menudo un tal Campos, hombre muy intrigante, director de Correos, si no recuerdo mal, gran maestre de la Orden masónica, o por lo menos principalísimo dignatario de ella, amigo íntimo de los liberales de más viso y también de algunos absolutistas, como hombre que sabe el modo de comer a dos carrillos.

Yo le había tratado el año anterior, y charlando juntos, me reía mucho de los masones, lo cual a él no le enojaba. Entre bromas y veras solía enterarme de algunas cosas reservadas, porque no era hombre de extraordinaria discreción ni tampoco de una incorruptibilidad absoluta. En los días de mi llegada de Irún, que eran los de mediados de mayo del 23, le pregunté si esperaban los masones algún mensaje reservado de Mina. Negolo; mas yo, asegurándolo con el mayor descaro y nombrando al mensajero, le hice confesar que esperaban órdenes de Mina de un día a otro. Él, lo mismo que su secretario cuyo nombre no recuerdo, me aseguraron no haber visto todavía en Madrid a Salvador Monsalud ni tener noticia alguna de él.

—No ha llegado aún —dije—. Mucho tarda.

Sin reparar en nada fui a su casa. Un portero, tan locuaz como pedante, liberal muy farolón, de aquellos a quienes yo llamo *sepultureros de la libertad*, porque son los que la han enterrado, me informó de que el señor Monsalud faltaba de Madrid desde el mes de agosto del año anterior.

—Puede que la señora doña Solita sepa algo —me dijo—. Pero no es fácil, porque anoche lloraba... Como no llorase de placer, que también esto sucede a menudo...

—¿De modo que la casa subsiste? —le pregunté.

—Subsiste, sí señora; pero no subsistirá mucho tiempo si el señor don Salvador no vuelve del otro mundo.

—Pues qué, ¿ha muerto?

—Así lo creo yo. Pero esa joven sentimental siempre tiene esperanzas, y cada vez que el Sol sale por el horizonte esparciendo sus rayos de oro... ¿me entiende usted?

—Sí; acabe de una vez el señor Sarmiento.

—Quiero decir, que siempre que amanece, lo cual pasa todos los días, la señora doña Solita dice: «¡Hoy vendrá!» Tal es la naturaleza humana, señora, que de todo se cansa menos de esperar. Y yo digo: ¿qué sería del hombre sin esperanza?... Dispénseme la señora; pero si piensa subir, tengo el sentimiento de no poder acompañarla, porque como mi hijo es miliciano...

—¿Y qué?

—Como es miliciano y el honor le ordena derramar hasta la última gota de su sangre en defensa de la dulce patria y de la libertad preciosísima del género humano...

—¿Y qué más? —dije complaciéndome en oír las graciosas pedanterías de aquel hombre.

—Que impulsado por su ardoroso corazón, capaz del heroísmo, y por mi paternal mandato, ha ido a Cádiz con las Cortes; y como ha ido a Cádiz con las Cortes y no volverá hasta dejar confundida a la facción y a los cien mil y quinientos hijos, nietos o tataranietos del calzonazos de Luis XVIII... Por vida de la chilindraina y con cien mil pares de docenas de chilindrones, que si yo tuviera veinte años menos!... Pues digo que como Lucas ha ido a Cádiz... y es un león mi hijo, un verdadero león... Resulta que me es forzoso estar al cuidado de la puerta, ¿me entiende la señora?

—Está bien —le dije riendo—. Puedo subir sola.

Quise darle una limosna, porque su aspecto me pareció muy miserable; pero la rechazó con dignidad y cierto rubor decoroso, propio de las grandezas caídas.

Subí a la casa. Mi corazón subía antes que yo.

XVI

Enseguida que llamé salieron a abrir. Se conocía que en la casa reinaba la impaciencia. Una mujer descorrió con presteza el cerrojo y me rogó que entrase. Era ella. Yo recordaba haberla visto en alguna parte.

Carecía de verdadera hermosura, pero al reconocerlo así con gozo, no pude dejar de concederle una atracción singular en toda su persona, un encanto que habría establecido al instante entre ella y yo profunda simpatía, si en medio de las dos no existiese, como infranqueable abismo, la persona de un hombre. Vestía de luto, y la delgadez de su rostro anunciaba el paso de grandes penas. Cuando me vio alterose tanto y su turbación fue tan grande, que no podía dirigirme la palabra. Por mi parte la miré con serenidad y altanería, como de superior a inferior, haciendo todo lo posible para que ella se creyese muy honrada con mi visita.

Yo había oído hablar a Salvador con cariño y admiración que me ofendían, de aquella singular hermana suya que no era tal hermana, ni aun pariente y que muy bien podía ser otra cosa. Nunca creí en la fraternidad honrada y cariñosa de que él me había hablado, porque conozco un poco el corazón del hombre, y admito solo los sentimientos cardinales y fundamentales, y no esas mixturas y composiciones sutiles que no sirven más que para disfrazar alguna pasión ilícita... Deseaba conocer por mí misma a la dichosa hermana tan ponderada por él y ver si tenía fundamento el secreto odio que mi alma hacia ella sentía. Desde que la vi, a pesar de que me fue muy patente su inferioridad personal con respecto a la nieta de mi abuela, me pareció tener delante a una rival temible, más peligrosa cuanto más humilde en apariencia. Al instante traté de buscar en ella un defecto grande, de esos que afean

77

espantosamente a la mujer. Mi ingenioso rencor encontró al punto aquel defecto, y dije en mi interior.

—Esta muchacha debe de ser una hipocritona. No hay más remedio sino que lo es.

Mi juicio fue rápido, como la inspiración, como la improvisación. Desde la puerta a la sala, a donde me condujo, hice mil observaciones, entre ellas una que no debo pasar en silencio. La casa estaba tan perfectamente arreglada que no parecía vivienda sin dueño. Todo se hallaba en su sitio, sin el más ligero desorden, en perfecto estado de limpieza, descubriéndose en cada cosa el esmero peregrino que anuncia la mano de una mujer poseedora del genio doméstico. Creeríase que el amo era esperado de un momento a otro y que todo se acababa de disponer para agradarle cuando entrara.

Al sentarme reconcentré mis ideas acerca del plan que había formado y le dije:

—Sé que usted padece mucho por saber el paradero del amo de esta casa, y como tengo noticias de él, vengo a tranquilizarla.

—¡Oh!, ¡señora!, ¡cuánta bondad! —exclamó con repentina alegría—. De modo que usted sabe dónde está y por qué no viene... ¿Le han vuelto a coger los facciosos?

—No señora. Está libre y bueno.

—Entonces no tiene perdón de Dios —dijo abatiendo el vuelo de su alma que tanto se había elevado con las alas de la alegría—. No, no tiene perdón de Dios.

—¿Usted le ha escrito?

—Muchas veces. Dirijo las cartas al ejército de Mina, con la esperanza de que alguna llegue a sus manos... pero no recibo contestación. Es una iniquidad de mi hermano. Por poco que se acuerde de mí, por muy grande que sea su olvido, ¿será tal que no me haya escrito una sola vez?

—Los que están en armas —dije sonriendo— no se acuerdan de las pobres mujeres que lloran.

—Yo creo que me ha escrito. Él es muy bueno y me considera mucho. No es capaz de tenerme en esta incertidumbre por su voluntad.

—¿Pero usted no ha recibido ninguna carta?

—En febrero vinieron dos; pero después ninguna. Quizás se hayan perdido.

—Podría ser.

—A veces me figuro que no me escribe porque viene. Todos los días creo que va a llegar, y desde que siento pasos en la escalera, corro a ver si es él. Todo lo tengo preparado, y si viene, nada encontrará fuera de su sitio.

—Sí, ya lo veo. Es usted una alhaja. El pobre Salvador debe de estar muy satisfecho de su hermana. Él la aprecia a usted mucho. Me lo ha dicho.

—¡Se lo ha dicho a usted! —exclamó tan vivamente conmovida que casi estuvo a punto de llorar.

—Me lo ha dicho, sí. Él me cuenta todo. Para mí nunca ha tenido secretos.

Sola me miró de hito en hito durante un momento, que me pareció demasiado largo. ¿Qué había en la expresión de su semblante al contemplar el mío? ¿Envidia? No podía ser otra cosa; pero la apariencia indicaba más bien una resignación dolorosa. Le habría tenido mucha lástima si no hubiera estado convencida de que era una hipócrita.

—Muchas veces me ha hablado de usted —proseguí—, elogiándome sus bellas cualidades para el gobierno de una casa. Vea usted de qué manera ha venido a encontrarse sola al frente de este hogar vacío, conservándole tan bien para cuando él vuelva.

—La pobre doña Fermina —dijo—, que murió de pesadumbre por la pérdida de su hijo, me encargó todo al morir, poniendo en mi mano cuanto tenía y ordenándome que lo guardase y conservase hasta que pareciera Salvador.

—¿Entonces ella no le creía muerto?

—Dudaba. Siempre tenía esperanza —manifestó Solita dando un suspiro—. Yo le hablaba a todas horas de la vuelta de su hijo, y, la verdad, siempre tuve esperanza de verle entrar en la casa, porque una voz secreta de mi corazón me decía que volvería. El día antes de fallecer doña Fermina, escribió una larga carta a su hijo... ¡Cuántas lágrimas derramó la pobre! Yo habría dado con gusto mi vida, porque la infeliz madre viera a su hijo antes de morir. Pero Dios no lo quiso así.

—¿Y esa carta...? —pregunté deseosa de conocer aquel detalle.

—Esa carta la depositó en mí doña Fermina, mandándome que la entregase a Salvador en su propia mano, si parecía.

—¿Y si no parecía?

—Doña Fermina me mandó que le buscase por todos los medios posibles, y que si tenía noticias de él y no venía a Madrid, fuese a buscarle aunque tuviera que ir muy lejos.

—Pero ¿cómo podrá usted emprender esos viajes?, ¡pobrecilla! —exclamé mostrando una compasión que estaba muy lejos de sentir.

—Eso sería lo de menos. No me faltan ánimos para ponerme en camino, ni tampoco recursos con que emprender un largo viaje, porque doña Fermina me entregó todos sus ahorros para que los destinase a buscar a su hijo.

—¡Ah!, entonces... Y para el caso de no encontrarlo ¿qué dispuso esa señora?

—Que esperase, y le volviera a buscar después.

—¿Y para el caso de que fuera evidente su muerte?

—Que echase al fuego la carta sin leerla. ¡Ha sido desgraciada suerte la nuestra! —prosiguió la huérfana con abatimiento—. Un mes después de haber subido al cielo aquella buena señora, vino la carta de Salvador anunciando que estaba libre. ¡Ay!, en mi vida he tenido mayor alegría ni mayor tristeza, juntas tristeza y alegría sin que pudiesen ser separadas. Yo le contesté diciéndole lo que pasaba y rogándole que viniese. Desde aquel día le estoy esperando. Han pasado tres meses, y no ha venido ni me ha escrito.

—Pues ha llegado la ocasión de que usted cumpla la última voluntad de la pobre señora difunta, partiendo en busca de ese hijo desnaturalizado.

—¡Si no sé dónde está!... Un amigo que lee todos los papeles públicos y sabe por dónde andan los ejércitos, las guerrillas y las contraguerrillas, me ha dicho que las tropas de Mina se han disuelto. Otro que vino del Norte, me aseguró que Salvador había emigrado a Francia. Yo, a pesar de estas noticias, le espero, tengo confianza en que ha de venir, y he resuelto aguardar lo que resta de mes. Sigo mis averiguaciones, y si en todo mayo no ha venido ni me ha escrito, pienso ponerme en camino y buscarle con la ayuda de Dios.

—Siento quitarle a usted una ilusión —dije adoptando definitivamente mi diabólico plan, y resolviéndome a ponerlo en ejecución—. Salvador no vendrá por ahora, no puede venir.

—¿Lo sabe usted de cierto? —me preguntó vivamente turbada y con algo de incredulidad en sus hermosos ojos.

—¿Duda usted de mí? —dije poniendo en mi semblante esa naturalidad inefable que es uno de mis más preciosos resortes para expresar lo que quiero—. Precisamente no he venido a otra cosa que a decirle a usted su paradero, después de tranquilizarla, por si le creía enfermo o muerto.

—¿Y dónde está?

—Habiendo reñido con Mina por una cuestión de amor propio, pasó a las contraguerrillas que siguen al general Ballesteros.

—¿Entonces sigue en el Norte?

—No señora. Ya sabe usted que el ejército de Ballesteros se ha retirado a Valencia.

—A Valencia, sí. Efectivamente, lo oí decir. ¿De modo que Salvador está en Valencia?

—Sí: y estos informes no son vagos ni fundados en conjeturas, porque yo misma...

Al llegar aquí di un suspiro afectando cierta emoción. Después acabé así la frase:

—Yo misma me separé de él en Onteniente el 20 de abril.

—¿Es cierto, señora, lo que usted me dice? —me preguntó con gran agitación.

—Sí; pero no creo que haga usted el disparate de ponerse en camino para Levante —indiqué con objeto de que no conociera mi verdadera idea.

—¿Pues qué, vendrá?

—Venir no. No vendrá en mucho tiempo, mayormente si de hoy a mañana capitula la Corte, y se establece el absolutismo. Yo creo que se verá obligado a emigrar, embarcándose en cualquier puerto de la costa.

—¡Embarcarse! —exclamó con desaliento—. No señora, no; eso no puede ser. Corro allá al momento.

Se levantó como si de un vuelo pudiera trasladarse a Valencia.

—¿Y será usted capaz de emprender un viaje tan largo?... ¿Tendrá usted valor?... —manifesté con fingida admiración.

—Yo tengo valor para todo, señora —me respondió.

Después del primer movimiento de credulidad, la vi como abatida y vacilante. Dudaba.

—Puede usted escribirle —le dije—, con la dirección que yo le dé, y cuando reciba la contestación de él, ponerse en camino... Lo malo será que en ese tiempo tome la guerra otro aspecto y llegue usted tarde.

—Eso sería terrible. Yo creo que si voy debo ir hoy mismo... ¿Y de él se separó usted el 20 de abril?

Dudaba todavía. Al llegar a este punto, la voz de la conciencia, que aún me detenía, fue acallada por mis celos, y no pensé más que en el éxito completo del plan que me había propuesto. No vacilé más, y pensé en la carta que me había traído Pipaón.

—Me separé de él el 20 de abril —afirmé—; pero después de eso, hallándome en Aranjuez, recibí una carta suya.

Con avidez fijó Solita sus ojos en mí. Por grande que fuera mi serenidad, mi corazón palpitaba, porque ni aun los criminales más criminales hacen ciertas cosas sin algo de procesión por dentro. Confesaré ahora la fealdad toda de mi acción para que se comprenda bien la importancia de aquella escena y mi perverso papel.

—Si me quisiera mostrar usted la carta de Salvador —me dijo en tono suplicante—, al menos para saber con fijeza el punto en que se halla...

—No la he traído —repuse con el mayor aplomo—, pero volveré a mi casa, que está a dos pasos y la traeré, para que tenga usted ese consuelo y una seguridad que no pueden darle mis palabras.

—¡Oh!, no señora; yo creo...

—No... Estas cosas son delicadas. Al instante traeré a usted la carta que me escribió y que no está fechada en Onteniente, sino en otro pueblo del reino de Valencia, pues como usted puede suponer, el ejército se mueve casi todos los días.

Diciendo esto me levanté. Ella me daba las gracias por mi bondad en cariñosas y vehementes palabras. Brindose a ir conmigo porque yo no me molestase en volver; pero esto no me convenía y salí rápidamente. ¡Miserable de mí, y cuánto me cegaba la pasión y aquel detestable afán de hacer daño a la que aborrecía!... Contaré esto con la mayor brevedad posible, porque me mortifica tan desagradable recuerdo, y en verdad que si pudiera escribir estas vergonzosas líneas cerrando los ojos, lo haría para no ver lo que traza mi propia pluma.

XVII

Corrí a mi casa, tomé la carta de Salvador, y con ese golpe de vista del genio criminal comprendí que lo previsto por mí momentos antes podía realizarse fácilmente. La data *Urgel* estaba escrita en letra ancha y mala. La palabra podía ser variada por una mano hábil, y la mía, fuerza es decirlo, lo era, aunque nunca hasta entonces se había empleado en tan infames proezas.

Yo tenía muy presente a un primo mío que había comerciado años antes en un pueblo de Alicante llamado *Vergel*, en las inmediaciones de Denia, a orillas del río Bolana. Esta palabra era el puñal del asesinato proyectado por mí. La tomé con la fiebre del rencor. ¡Qué admirablemente servía para mi objeto! ¡Qué bien dispuestas estaban sus letras para una obra satánica! No podía pedirse más, no. Tenía delante de mí una de esas infernales coincidencias que deciden a los criminales vacilantes, y a veces hasta a los justos les impulsan a escandalosos y horribles pecados.

Tomé la pluma, y con mano segura, regocijándome interiormente en la perfección de mi obra, convertí la palabra Urgel en Vergel. La fecha era fácil de mudar también. Salvador había puesto marzo en abreviatura. Yo convertí el marzo en mayo, dejando el día que era el 3, lo mismo que estaba... ¡Oh, cuando no se me cayó la mano entonces, creo que tendré manos para toda mi vida!

Del texto de la carta podía mostrarse la primera plana, donde decía entre otras cosas insignificantes: «no pienso en muchos días salir de este pueblo.»

Corrí allá con mi puñal. Las trágicas figuras antiguas a quienes pintan alborotadas y arrogantes con un hierro en la mano, no fruncirían el ceño más fieramente que yo, al blandir mi carta homicida. Subí a la casa. Sola me esperaba en la puerta. Entramos: me senté al punto porque estaba muy cansada.

—Vea usted —le dije—; el pueblo donde ahora está es Vergel. He pasado por él.

Solita devoraba con los ojos la carta.

—Vergel —añadí mostrándole la carta—, está entre Pego y Denia, sobre un riachuelo que llaman Bolana. Si va usted a Onteniente le será muy fácil llegar a Vergel.

Ella seguía leyendo.

—Asegura que por ahora no piensa moverse de ese pueblo —dijo meditabunda—. Mejor; con eso tendré la certeza de encontrarle.

—¿Pero de veras insiste usted en ir?... El resto de la carta no se lo enseño a usted porque no puede interesarle —indiqué, afectando la mayor naturalidad y guardando mi arma—. No puedo creer que haga usted la locura de...

—Iré, iré —dijo con una resolución briosa que inundó mi alma de los frenéticos goces del éxito criminal.

Después de manifestar así su propósito, frunció el ceño y me dijo:

—Cuando usted se separó de Salvador, ¿él sabía que venía usted a Madrid?

—Lo sabía.

—¿Y cómo no le rogó que me viese y me tranquilizara?

—Porque sabe —repuse con dignidad—, que yo no sirvo para hacer las veces de correo. Si he venido a esta casa, ha sido por... Se lo diré a usted con entera franqueza; no quiero fingir móviles que no tuve al venir aquí, aunque después que nos hemos tratado hayan sido distintas mis ideas.

Solita atendía a mis palabras como al Evangelio. Yo le tomé una mano y poniéndome a punto de llorar, me expresé así:

—Señora doña Solita; dije a usted al entrar que venía con el simple objeto de tranquilizarla dándole informes de Salvador.

—Así fue, señora, lo que usted me dijo.

—Pues bien; falté a la verdad: quise encubrir mi verdadero objeto con una fórmula común. Pero yo no puedo fingir, no puedo ocultar la verdad. Mi carácter peca de excesivamente franco, natural y expansivo. Mis pasiones y mis defectos, la verdad toda de mi alma, buena o mala, se me sale por los ojos y por la palabra cuando más quiero disimular. Usted me ha inspirado simpatías; usted me ha revelado una pureza de sentimientos que merece el mayor respeto. Quiero ser como usted, y hablarle con la noble veracidad que se debe a los verdaderos amigos. ¿No es usted hermana para él?, pues quiero que lo sea también para mí.

Solita al oír esto se apartó lentamente de mi lado. Noté en ella cierta aversión contenida por el respeto.

–Querida amiga –proseguí forzando mi arte–. No he venido aquí sino por un egoísmo que usted no comprenderá tal vez. He venido por ver su casa, por conocer lo único que guarda Madrid de esa amada persona, este asilo donde él ha vivido, donde murió su madre, y por el cual parecen vagar aún sus miradas. Quería yo dar a mis ojos el gusto de ver estos objetos, estos muebles donde tantas veces se han fijado los ojos suyos... Nada más, ningún otro objeto me trajo aquí. He tenido además el placer de conocerla a usted, y ahora, deseándole que halle pronto a su hermano, me retiro.

Levanteme resueltamente. Solita había prorrumpido en amargo llanto.

–¡Oh! ¡Gracias, gracias, señora! –exclamó secando sus lágrimas–. Le diré que debo a usted este inmenso favor.

–No, no, por Dios –repliqué vivamente–. Ruego a usted que no me nombre para nada. Vería en mí una debilidad que no quiero confesarle, mediando, como median en uno y otro, los propósitos de separación eterna.

–Pues callaré, señora, callaré. ¿De modo que usted no le verá más?

Al decir esto había tanto afán en su mirada, que me causó indignación. La habría abofeteado, si mi papel no hubiera exigido gran prudencia y circunspección.

–No señora, no le veré más –le dije fijando más sobre mi semblante la máscara que se caía–. Después de lo que ha pasado... Pero no puedo revelarle a usted ciertas cosas. Si usted le conoce bien, conocerá su inconstancia. Yo le he amado con fidelidad y nobleza. Él... No quiero rebajarle delante de una persona que le estima. Adiós, señora, adiós. ¿Se va usted al fin hoy?

Esto lo dije en pie, estrechando aquella mano que habría deseado ver cortada.

–Sí señora, iré a buscarle, puesto que él no quiere venir.

–¿Pero se atreve usted, sola, sin compañía, por esos caminos...? –indiqué deseando que me confirmase su resolución.

–Dios irá conmigo –repuso la hipocritona con el acento de los que tienen verdadera fe–. El ordinario de Valencia que sale esta noche, era amigo de doña Fermina. Con él iré. Tengo confianza en Dios y estoy segura de que no me pasará nada... Ahora, tomada esta determinación, estoy más tranquila.

—La felicidad le retoza a usted en el rostro —afirmé con cruel sarcasmo—. Bien se conoce que es usted feliz. Yo me congratulo de haber proporcionado a usted un cambio tan dichoso en su espíritu.

Cuando pronuncié estas palabras debió secárseme la lengua, lo confieso.

Poco más hablamos. Hícele ofrecimientos corteses y salí de la casa. Cuando bajaba la escalera sentí impulsos de volver a subir y llamarla y decirle: «no crea usted nada de lo que he dicho; soy una embustera»; pero el egoísmo pudo más que aquel pasajero y débil sentimiento de rectitud, y seguí bajando. Del mismo modo iba bajando mi alma, escalón tras escalón, a los abismos de la iniquidad. Razoné como los perversos, diciéndome que la víctima de mi intriga era una mujer hipócrita y que las maquinaciones de mal género, tan dignas de censura cuando recaen en personas inocentes, son más tolerables si recaen en quien las merece y es capaz de urdirlas peores. Pero estos sofismas no acallaban mi remordimiento, que empezó a crecer desde que salí de la casa y ha llegado después, por su mucha grandeza y pesadumbre, a mortificarme en gran manera.

XVIII

Verdaderamente mi acción no pudo ser más indigna. ¡Precipitar a una desamparada e infeliz mujer a resolución tan loca, obligarla por medio de vil engaño a emprender un viaje largo, dispendioso, arriesgado y sobre todo inútil!... Al mirar esto desde tan distante fecha, me espanto de mi acción, de mi lengua, y de la horrible travesura y astucia de mi entendimiento.

En aquellos días la pasión que me dominaba y más que la pasión, el envidioso afán que me producía la simple sospecha de que alguien me robase lo que yo juzgaba exclusivamente mío, no me permitieron ver claramente mi conciencia ni la infamia de la denigrante acción que había cometido; pero cuando todo se fue enfriando y oscureciendo, he podido mirarme tal cual era en aquel día, y declaro aquí que, según me veo, no hay fealdad de demonio del infierno que a la mía se parezca.

¡Y sigue uno viviendo después de hacer tales cosas! ¡Y parece que no ha pasado nada, y vuelve la felicidad, y aun se da el caso de olvidar completamente la perversa y villana acción!... Yo no vacilo en escribirla aquí, porque me he propuesto que este papel sea mi confesonario, y una vez puesta la mano sobre él, no he de ocultar ni lo bueno ni lo malo. La seguridad de que esto no lo ha de ver nadie hasta que yo no me encuentre tan lejos de las censuras de este mundo como lo están los astros de las agitaciones de la tierra, da valor a mi espíritu para escribir tales cosas. Yo digo: «que todo el mundo escriba con absoluta verdad su vida entera, y entonces ¡cuánto disminuirá el número de los que pasan por buenos! Las cuatro quintas partes de las grandes reputaciones morales no significan otra cosa que *falta de datos* para conocer a los individuos que se pavonean con ellas fatuamente, como los cómicos cuando se visten de reyes.»

Aquella tarde torné a pasar por allí, y entablé conversación con Sarmiento; pero me fue imposible averiguar por él si Solita insistía en partir.

Yo tenía gran desasosiego hasta no saberlo de cierto, y para salir de mi incertidumbre quise averiguarlo por mí misma. Soy así: lo que puedo hacer no lo confío a los demás. Me fatigan las dilaciones y la torpeza de los que sirven por dinero, y carezco de paciencia para aguardar a que me vengan a decir lo que yo puedo ver por mis propios ojos. Al llegar la noche y la hora en que solían partir los coches, sillas de postas y galeras, mi criada y yo nos vestimos manolescamente, con pañolón y basquiña, y nos encaminamos al parador del Fúcar, de donde, según mis noticias, salía el ordinario de Valencia.

No tuve que esperar mucho para satisfacer mi curiosidad. Allí estaba. Solita partía irremisiblemente. Ya no me quedaba duda. La vi dentro del coche que salía, y no pude sofocar en mí un sentimiento de profundísima lástima, forma indirecta que tomaba entonces mi conciencia para presentarme ante los ojos la imagen de mi crimen. Pero el coche partió; ella se fue con su engaño y yo me quedé con mi lástima.

No se había extinguido el rumor de las ruedas del carro de Valencia, cuando sonó más vivo estrépito de ruedas y caballerías. Un gran coche de colleras entró en el parador. Mi criada y yo nos detuvimos por curiosidad.

—Es el coche de Alcalá —dijeron a nuestro lado—. Esta noche viene lleno de gente.

Por una de las portezuelas vi la cara de un hombre. El corazón parecía hacérseme pedazos. Me volví loca de alegría. No pude contenerme. Era él.

Mis exclamaciones cariñosas le obligaron a bajar del coche, y entonces me arrojé llorando en sus brazos.

XIX

Al día siguiente le aguardaba en mi casa y no fue hasta muy tarde, cuando ya anochecía. Estaba muy fatigado, triste y abatido. Lo primero de que me habló fue del vacío que había dejado en su casa la muerte de su madre, de la partida de su hermana, a quien creía encontrar en Madrid, y del brevísimo espacio que un perverso destino había puesto entre la marcha de ella y la llegada de él.

—Castigo de Dios es esto —dijo—, por mi descuido en escribirle y mi desnaturalizado proceder.

Después pasó de la tristeza a la furia. Yo procuraba arrancarle tan lúgubres ideas, recordándole nuestro placentero viaje del verano anterior y la catástrofe de su cautiverio; hacíale mil preguntas sobre sus padecimientos, emancipación, campaña de Cataluña y toma de la Seo; pero solo me contestaba con monosílabos y secamente. Escaso interés mostraba por las cosas pasadas, y aun yo misma, que era un presente digno a mi parecer de alguna estima, apenas podía obtener de él atención insegura y casi forzada. Su pensamiento estaba fijo en la fugitiva hermana, y mis sutiles zalamerías no podían apartarle de allí. No cesaba de discurrir sobre los móviles de aquel viaje, y yo, sintiendo revivir y agitarse en mí lo que siempre tuve de serpiente, estuve a punto de indicarle que Soledad habría partido arrastrada por algún hombre; pero en el momento en que desplegaba los labios para sugerir esta idea, me contuve. Aquella vez había vencido mi conciencia, y hallándome con fuerzas para las mayores crueldades, no las tuve para la calumnia.

Al fin, creí prudente no decirle una palabra sobre aquella cuestión.

—Bastaba que yo viniese con deseo de verla —dijo hiriendo violentamente el suelo con el pie—, para que ella huyese de mí. Así son todas mis cosas. Lo bueno existe mientras yo lo deseo. Pero lo toco, y adiós.

Estas amargas palabras eran un desaire para mí, y por lo visto yo no estaba comprendida en el número de las cosas buenas; pero sofoqué mi resentimiento y seguí escuchándole.

—Desde que el deseo de venganza y mi odio al absolutismo —añadió—, me inclinaron a tomar las armas, tuve el presentimiento de que la campaña se echaría a perder, y así ha sido. Ya tienes a la plaza de Figueras en poder de los franceses; a Mina vagabundo sin saber qué partido tomar, y todo el ejército desconcertado y sin esperanza de vencer. ¡Gran milagro habría sido que donde yo estoy hubiese victorias! Desastres y nada más que desastres. La sombra que yo echo sobre la tierra, destruye.

—¡Qué necio eres! ¿Crees acaso en las estrellas fatales y en el sino?

—No debiera creer; pero todo me manda que crea... Ya ves. Me envía Mina a Madrid con una comisión en que funda grandes esperanzas, y desde que llego aquí pierdo las pocas esperanzas que traía, porque no hallo sino desanimación y flojedad. Al mismo tiempo, la ilusión más querida de este viaje se ha desvanecido como el humo. Yo tenía una hermana, más que hermana amiga, con una amistad pura y entrañable que nadie puede comprender sino ella y yo; una amistad que tiene todo lo santo de la fraternidad y todo lo bueno del amor, sin las tenebrosas ansias de este. En mi hermana veía yo todo lo que me queda de familia, lo único que me resta de hogar; en ella veía a mi madre y una representación de todos los goces de mi casa, la paz del alma, dichas muy grandes sin mezcla de martirio alguno. Pues bien: llego y mi casa está desierta. Jamás pensé en perderla. Ella, el único ser de quien estaba seguro, vuela también lejos de mí, y se va. ¡Ay, Jenara! ¡No puedo decirte cuán sola estaba mi casa! Figúrate todo el universo vacío y sin vida. Ni mi madre, ni Soledad... ¡Qué sepulcro, Dios mío! Así se va quedando mi corazón lo mismo que una gran fosa, todo lleno de muertos... Tú no puedes entender esto, Jenara. En ti todo vive. Tu carácter hace resucitar las cosas y eres un ser privilegiado para quien el mundo se dispone siempre del modo más favorable; pero yo...

—Cúlpate a ti mismo —le dije—, y no hables del destino. Te quejas de que tu hermana te haya abandonado, y no recuerdas que has estado mucho tiempo sin escribirle, sin darle noticias de ti, sin decirle ni siquiera: «estoy vivo.»

—Es verdad; pero se amparó de mí el estúpido delirio de la guerra. Me sedujo la idea gloriosa que representaba nuestro ejército al perseguir a los realistas. Solo veía lo que estaba delante de mis ojos y dentro de mí: el enemigo y los torbellinos de mi cerebro, un ideal de gloriosas victorias que dieran a mi país lo que no tiene. Ya sabes que yo me equivoco siempre. Lo extraño es que conociendo mi torpeza me empeñe en andar hacia adelante como los demás hombres, en vez de estarme quieto como las estatuas... Ahora todo lo veo destrozado, caído y hecho pedazos por mis propias manos, como el que entrando en un cuarto oscuro y lleno de preciosidades y a ciegas tropieza y lo rompe todo. En Cataluña, desengaños, en Madrid más desengaños todavía; un gran vacío del entendimiento y otro más grande del corazón. Parece que la realidad de mis ideas es un ave que se asusta de mis pasos y levanta el vuelo cuando me acerco a ella. ¡Maldita persona la mía!

Debía enojarme de tales palabras, porque, según ellas, yo no era nada. Pero no me mostré ofendida y solamente dije:

—Si al llegar encuentras todo solo y vacío, no es porque las cosas vuelen antes de tiempo, sino porque tú llegas siempre tarde.

—También es verdad. Llego siempre tarde. Ya ves lo que me ha pasado ahora —dijo con el mayor desaliento—. Se le antoja al general Mina enviarme aquí cuando todo está perdido. Pero él no contaba con la rapidez de este desmoronamiento, no contaba con la retirada de Ballesteros, sin combatir, ni con la defección de La Bisbal. Mina tiene la desgracia de creer que todos son valientes y leales como él.

—¿La defección de La Bisbal? De modo que ya... No creí que fuera tan pronto. El conde acostumbra preparar con cierto arte sus arrepentimientos.

—No se dice públicamente; pero es seguro que ya está en tratos con los franceses para capitular. Me lo ha dicho Campos, que olfatea los sucesos. De mañana a pasado el aborrecido estandarte negro ondeará en Madrid. ¿A qué he venido yo? No parece sino que ha venido a izarlo yo mismo.

—Pues no hagas caso de los masones, ni de la guerra, ni de la Constitución —le dije—. ¿Para qué te empeñas en cosas imposibles? ¿Por qué desprecias lo que tienes y buscas fantasmas vanos?

Él me miró comprendiendo mi intención. Su mirada no indicaba desafecto; pero me era imposible vencer su tristeza. Acompañome a cenar, y mis alardes de humor festivo, mi cháchara y las delicadas atenciones que con él tuve no lograron disipar las nubes sombrías que ennegrecían su alma. También la mía se encapotaba lentamente, cayendo en hondas tristezas,

90

porque acostumbrada a verse señora de los sentimientos de aquel hombre, padecía mucho al considerar perdido su amoroso dominio y esa tiranía dulcísima que al mismo tiempo embelesa al amo y al esclavo.

Pero aún conservaba yo gran parte de mi prestigio. Vencí, aunque sin poder conseguir la tranquilidad que acompaña a los triunfos completos; porque descubrí en su complacencia algo de violento y forzado. Parecía que al corresponder a mi leal cariño, lo hacía más bien por delicadeza y por deber que por verdadera inclinación. Esto me atormentó toda la noche, quitándome el sueño. Cuando pude dormir, la imagen de la pobre huérfana que recorría media España buscando a su hermano, a su amante o lo que fuera, se me presentó para atormentarme más. ¡Ay!, ¡qué terrible es una gran falta sin éxito!

La visión de la mujer errante no se quitaba de mi imaginación. Pero yo entonces, creyéndome menos amada de lo que mi frenética ambición de amor exigía; pensando que me habían vencido ajenos recuerdos y vaguedades sentimentales referentes a otra persona, me gozaba con fiera crueldad en la desolación de la hermana viajera.

—¡Bien —le decía—, corre tras él, corre hoy y mañana y siempre, para no encontrarle al fin!... Muy bien, hipocritona, ¡¡me alegro, me alegro!!

XX

Al día siguiente muy temprano entró Campos en casa. Ya he dicho que este masón era amigo muy constante de la familia con quien yo vivía, un matrimonio alavés, de edad madura y sin hijos, extraño por lo general a las pasiones políticas, aunque la señora, como buena vascongada, se inclinaba al absolutismo. Campos entró gritando:

—¡Ya nos la ha pegado ese tunante!

Al punto comprendí lo que quería expresar.

—La Bisbal ha capitulado ¿no es eso? —le dije—. ¡Qué noticia! Ya lo suponíamos.

—Pero al menos, señora, al menos... —manifestó Campos con afán—. Las formas, es preciso guardar ciertas formas... Todos estamos dispuestos a capitular, porque no es posible vivir en lucha con la general corriente, ni con la Europa entera; pero... pero...

—¿Y qué ha hecho La Bisbal?

—Dar un manifiesto...

—Ya lo suponía: es el hombre de los manifiestos.

—Un manifiesto en que dice que sí y que no, y que tira y afloja, y que blanco y que negro... En fin, un manifiesto de La Bisbal. Después ha entregado el mando al marqués de Castelldosrius y ha desaparecido. El ejército está desmoralizado. La mayor parte de los soldados se van a donde les da la gana, y aquí nos tiene usted, como el 3 de diciembre de 1808, en poder de los franceses... ¿Vamos a ver, qué hace ahora un hombre honrado como yo? ¿Qué hacen ahora los hombres que no se han metido en nada, que desde su campo defendieron siempre el orden y las conveniencias?...

Yo hacía esfuerzos para contener la risa. La zozobra del masón en momentos de tanto apuro y su afán por presentarse como hombre de orden ofrecían un cuadro tan gracioso como instructivo.

—¿De modo que ya se acabó la Constitución? —dijo la señora de Saracha, elevando majestuosamente las manos al cielo, como en acción de gracias—. Pues ahora habrá perdón general. Se reconciliarán todos los españoles, dándose fraternales abrazos y amparándose bajo el manto amoroso del Rey.

Yo me eché a reír.

—No es mal perdón el que nos aguarda —dijo Campos con detestable humor—. ¡Bonito manto nos amparará! Ya se ha alborotado la gentuza de los barrios bajos, y las caras siniestras, las manos negras y rapaces, los trabucos y las navajas van apareciendo. Nada, nada. Tendremos escenas de luto y de ignominia, otro 10 de mayo de 1814.

—¿Será posible? Pues me parece que efectivamente hay algo de alboroto en la calle —dijo mi amiga asomándose al balcón.

Vivíamos en la calle de Toledo, que es la arteria por donde la emponzoñada sangre sube al cerebro de la villa de Madrid en los días de fiebre. Cruzaban la calle gentes del pueblo en actitud poco tranquilizadora. Al poco rato oímos gritar: «¡viva la religión!», «¡vivan la caenas!» Fue aquella la primera vez de mi vida que oí tal grito, y confieso que me horrorizó.

Campos no quiso asomarse porque le enfurecían los desahogos de la plebe (mayormente cuando chillaba en contra de los liberales) y seguía diciendo:

—Veremos cómo tratan ahora a los hombres honrados que han defendido el orden, que han procurado siempre contener al democratismo y a la demagogia.

No pude vencer mi natural inclinación a las burlas y le dije:

—señor Campos, no doy cuatro cuartos por su pellejo de usted.

—Ni yo tampoco —me respondió riendo.

Él, en medio de su descontento, esperaba filosóficamente el fin, seguro de sobrenadar tarde o temprano en el piélago absolutista. Era además hombre de tanto valor como osadía.

La gente de los barrios bajos siguió alborotando todo el día. Moviose la tropa para mantener el orden, y el general Zayas, que mandaba en Madrid y había firmado la capitulación aquella misma mañana con los franceses, parecía dispuesto a ametrallar sin compasión a la canalla. En gran zozobra vivíamos todos los vecinos de la Villa, porque se hablaba de saqueo y de la aproximación de las partidas de Bessières, el infante aventurero, que defendiendo el despotismo quería lograr lo que no pudo conseguir combatiendo por la República.

Pero la principal causa de mi inquietud era no ver a mi lado a la persona que más me interesaba en aquellos días. Le esperé toda la mañana y toda la tarde, y como a ninguna hora parecía y había hecho promesa de visitarme, creí que le pasaba algo desagradable. Por la noche no pude refrenar mi ardorosa impaciencia y volé a su casa. Tampoco estaba en ella, y el anciano portero y maestro de escuela, armado de fusil en medio de la portería, furioso y exaltado cual si acabara de escaparse de un manicomio, me inspiró tanto miedo que no quise esperar allí.

Pasé la noche en un estado de angustia horrible. Corrían rumores de que al día siguiente habría saqueo, prisiones, muertes y escandalosas escenas. Se decía que los liberales más señalados eran perseguidos por las calles como perros rabiosos y apedreadas sus casas. Yo no podía vivir. Al amanecer del otro día, que era el 20 de mayo, busqué a Salvador en diversos puntos, y tampoco le pude encontrar. Antes de volver a casa vi movimiento de tropas en la Puerta del Sol y me dijeron que Bessières había aparecido con sus cuadrillas que yo llamaba de *asesinos de la Fe*, por detrás del Retiro, amenazando entrar en Madrid. La plebe de los barrios bajos se le había reunido, y como hambrientos perros, aullaban mirando a la Corte, con ansias de devorarla. Todo Madrid estaba aterrado, y yo más que nadie, no por el temor del saqueo, sino por la sospecha de que la persona más cara a mi corazón hubiera sido víctima del furor de la plebe.

Esperé también todo aquel día. Campos entró a darnos noticias de lo que pasaba. Oíamos cañonazos lejanos, y a cada instante creíamos ver llegar y difundirse por las calles a la desenfrenada turba salvaje ebria de sangre y de pillaje. Pero Dios no quiso que en aquel día triunfaran los malvados. El general Zayas destrozó a los *asesinos de la Fe*, acuchillando a los chisperos y mujerzuelas que graznaban entre ellos. La plebe aterrada volvió a sus oscuras guaridas, y mucha gente mala huyó a los campos, aguardando a poder entrar con los franceses. Desde que supimos el gran peligro a que habíamos estado expuestos los habitantes de Madrid, todos deseábamos que llegasen de una vez los cien mil hijos de San Luis, para que estableciendo un Gobierno regular, contuvieran a la canalla azuzada por los realistas furibundos.

Al fin salí de la angustia que me atormentaba. En la mañana del día 21, el prófugo, por quien yo había derramado tantas lágrimas, se presentó delante de mí en estado bastante lastimoso, desencajado y lleno de contusiones, con los ojos encendidos, seca la boca, cubierta de sudor la hermosa frente, rotos y llenos de polvo los vestidos.

Al punto comprendí que había sido maltratado por las feroces bestias populares. No le dije nada, y me apresuré a cuidarle, proporcionándole alimento y reposo. Él me miraba con extraviados ojos. Apretando los puños exclamó:

—¿Has visto a la canalla?

Necesitaba sosiego, y por todos los medios procuré tranquilizarle.

—No pienses más en eso —le dije—, y regocíjate ahora en la paz de mi compañía y en esta dulce soledad en que estamos.

—¡No puedo, no puedo! —exclamó con gran agitación.

Y después repetía:

—¿Has visto a la canalla? ¡Pero qué canalla es la canalla!

Más tarde me contó que se había visto en gran peligro, porque al salir de un sitio en que estaban reunidas varias personas contrarias al despotismo, fue acometido, pudiendo salvar a duras penas la vida gracias a su energía y al coraje con que se defendió.

Su estado febril inspirome bastante ansiedad aquella noche que pasó en mi casa; pero a la mañana siguiente su prodigiosa naturaleza había triunfado de la ebullición de la sangre irritada.

—No puedo ir a mi casa —me dijo—, y aun será peligroso que salga a la calle; pero yo necesito disponer mi viaje.

—¿Vuelves al Norte?

—No; tengo que ir a Sevilla, donde está lo que queda de Gobierno liberal. No tengo ya ni un resto siquiera de esperanza; pero es preciso que cumpla fielmente la comisión del general Mina, y vaya hasta las últimas extremidades, para que me quede al menos el consuelo de haberlo intentado todo y para que se pueda decir esta verdad terrible: «No hubo un solo liberal en España que supiera cumplir con su deber.»

—Pues si vas a Andalucía, iré contigo —dije con mucho gozo, regocijándome ya con la idea de acompañarle y huir de Madrid, pueblo que tanto alarmaba a mi conciencia.

—El viaje no será fácil —respondió sin demostrar grande entusiasmo por mi compañía—, mayormente para una señora.

—Para mí todo es fácil.

—No se encontrarán carruajes.

—Como ruede el dinero, rodarán los coches.

—La policía vigilará la salida de los liberales.

—No importa.

Sin pérdida de tiempo empecé mis diligencias para nuestro viaje. Las dificultades eran grandes. Ningún propietario de coches quería arriesgar su material y sus caballerías, porque los facciosos se apoderaban de ellas. No me acobardé, sin embargo, y seguí mis pesquisas. Campos también deseaba proporcionar a mi amigo fácil escapatoria.

La entrada de los franceses, que se verificó el día 23, me dio alguna esperanza; mas por desgracia entre las fuerzas de vanguardia no venía el conde de Montguyon. Vi en cambio muchos guerrilleros del Norte, de fiero aspecto, y temblé de pavor, deseando entonces más vivamente huir de la Corte.

¡Y qué desorden en los primeros momentos de aquel día! Por mucha prisa que se dieron los franceses a establecerse, no lograron impedir mil excesos.

Hombres cuyo furor había sido pagado corrían por las calles celebrando entre borracheras el horrible carnaval del despotismo. Rompían a pedradas los cristales, trazaban cruces en las puertas de las casas donde vivían liberales, como señal de futuras matanzas; escarnecían a todo el que no era conocido por su exaltación absolutista; gritaban como locos, maldiciendo la libertad y la Nación. No escapaban de sus groserías las personas indiferentes a la política, porque era preciso haber sido perro de presa del absolutismo para obtener perdón. Algunos frailes de los que más habían escandalizado en el púlpito con sus sermones sanguinarios eran llevados en triunfo.

Yo salía de misa de San Isidro, y me vi insultada y seguida por una turba de mujerzuelas feroces, solo porque llevaba un lazo verde. El color verde era ya el color de la ignominia, como emblema del liberalismo, que tantas veces había escrito sobre él *Constitución o muerte*. Vi maltratar a un joven de buen porte, solo porque usaba bigote, y desde aquel día el tal adorno de las varoniles caras fue señal de franc-masonismo y de extranjería filosófica.

Quien vio una vez tales escenas no puede olvidarlas. Mis ideas habían cambiado mucho desde mi viaje a Francia. Conservando el mismo respeto al Trono y al Gobierno fuerte, había perdido el entusiasmo realista. Pero en aquel día tristísimo se desvanecieron en mi cabeza no pocos fantasmas, y aunque seguí creyendo que uno solo gobierna mejor que doscientos, el absolutismo popular me inspiró aversión y repugnancia indecibles.

No había concluido de referir en mi casa el gran peligro que había corrido por llevar un lazo verde, cuando entró Campos. Traía semblante muy alegre.

—Ya está resuelta la cuestión de tu viaje —dijo a Salvador—. Esta noche puedes marchar, si quieres.

—¿Cómo? —preguntamos él y yo.

—De un modo tan sencillo como seguro. El marqués de Falfán de los Godos[4] había pensado marchar a Andalucía... Como la pobre Andrea está tan delicada... En fin, se han decidido a salir esta noche. Tienen silla de postas propia. Al punto me he acordado de ti, Falfán de los Godos tiene gusto en llevarte y se alegra mucho de tu compañía.

---

4   Véase El Grande Oriente. (N. del A.)

—Eso no puede ser —dije vivamente, saliendo al encuentro de aquella proposición con verdadera furia que trataba de disimular.

—¿Por qué no ha de poder ser, señora mía? —dijo Campos—. En la silla de postas irán cómoda y seguramente el marqués, mi sobrina con su hijo, la doncella y dos criados que seremos nosotros, Salvador y yo. Perfectísimamente.

El taimado masón se restregaba las manos en señal de regocijo.

—Me parece una excelente idea —dijo Monsalud mirándome—. ¿No crees tú lo mismo?

Yo no contesté nada. Estaba furiosa. Él debió comprender en mis ojos la tempestad que se había desatado en mi corazón, mas no por conocerlo se apresuró a conjurarla. Antes bien, ocupose de disponer su viaje con una calma, con una indiferencia hacia mí que me irritaron más. Mi dignidad me impedía pedir un puesto en aquel coche que se iba a llevar la mitad de mi alma. La misma dignidad me impedía recordarle nuestro dulce propósito de ir juntos. Encerreme breve rato en mi cuarto, para que nadie conociese la alteración nerviosa que me sacudía, y con los dientes hice pedazos un pañuelo inocente. Mis ojos secos e inflamados no podían dar salida a la angustia de mi corazón, derramando una sola lágrima.

Cuando me presenté de nuevo, mi apariencia no podía ser más tranquila. Afectaba naturalidad y hasta alegría; tanta era la fuerza de mi disimulo, cuando yo llamaba todas las fuerzas de la voluntad para forjar la máscara de hierro, bajo la cual escondía mi verdadero semblante, lleno de luto y consternación. ¡Qué padecimiento tan grande! ¿Cómo no, si Salvador mismo me había contado toda la historia de sus relaciones con Andrea Campos, después marquesa de Falfán de los Godos? Yo la había tratado bastante después de ser marquesa. La admirable hermosura de la americanilla, representándose en mi imaginación, me la quemaba como un hierro abrasado.

Tuve valor para verles partir. Vi a la sobrina de Campos subir al coche, haciéndose la interesante con su languidez de dama enfermita; vi al viejo marqués engomado y lustroso, como un muñeco que acaba de salir del taller de juguetes; vi a Salvador tomando en brazos y besando con el mayor gusto al niño de la marquesa... No quise ver más. ¡El coche partió!... ¡Se fueron!...

XXI

Se fueron y yo me quedé. Las lágrimas que antes no habían querido salir de mis ojos brotaron a raudales, abrasándome las mejillas. No podía dejar de pensar en la hipocritona, que corría por los campos desiertos, lanzada por mí al interminable viaje de la desesperación; pero lejos de tenerle lástima, aquel recuerdo avivaba mi hondo furor, haciéndome exclamar: —¡Me alegro, mil veces me alegro!

¡Cuán grande había sido mi castigo! Para que este fuera más evidente, fui condenada por Dios al mismo suplicio de viajar buscando a una persona amada, al martirio indescriptible de correr un día y otro día como el que huye de su sombra, siempre impaciente, siempre anhelante, precipitada siempre de la esperanza al desengaño y del desengaño a una nueva esperanza. Porque sí, yo emprendí también el viaje a Andalucía tres días después. Estaba en la alternativa de morir de despecho o correr también. Hubo en mí desde aquel día algo de la maldición espantosa que pesaba sobre el judío errante, y me sentí como arrastrada por la fuerza de un huracán.

¡Ay!, el huracán estaba dentro de mí misma, en mi despecho, en mis celos, en un loco afán de no hallarme lejos de dos personas, cuya imagen ni un solo instante se apartaba de mi pensamiento. Si mis lectores me han conocido ya por lo que va contado de mi borrascosa vida, comprenderán que yo no podía quedarme en Madrid. Mi carácter me lanzaba fuera, como la pólvora lanza la bala.

Partí... Pero antes debo decir cómo pude conseguir los medios para ello. Mi primer paso fue recurrir a Eguía; mas desde la entrada de los franceses le habían arrinconado como trasto viejo, y una Regencia fresca y lozana funcionaba en su lugar. Nombrola Angulema de acuerdo con el Consejo de Estado, y la componían los duques del Infantado y de Montemart, el barón de Eroles, el obispo de Osma y don Antonio Gómez Calderón. Secretario de ella era el venenoso Calomarde, al cual me dirigí solicitando un pase y licencia para el uso de coche-posta. Recibiome tan fríamente y con tanta soberbia e hinchazón, que no pude menos de recordar al Don Soplado del poeta sainetero don Ramón de la Cruz.

Le desprecié como merecía y recurrí a don Víctor Sáez, nombrado ministro de Estado; pero este me recordó a la rana, cuando quiso parecerse al buey. Tuvo el mal gusto de echarme en cara mi supuesta conversión al constitucionalismo y a la Carta francesa, diciendo mil necedades presuntuosas y aun amenazándome. Su fatuidad, semejante a la del pavo cuando se sopla y arrastra las alas para meter ruido, me hizo reír en sus propias barbas. El único que se me mostró algo propicio fue Erro, hombre honrado y modesto. Pero nada positivo saqué de la flamante situación, que daba pruebas de su agudeza política volviendo las cosas *al propio ser y estado que tenían en 7 de marzo de 1810*, restableciendo los antiguos Consejos y la Sala de alcaldes de Casa y Corte. Era esto volver a los tontillos, al guarda-infante y al pelo empolvado.

Por mi ventura llegó a Madrid el conde de Montguyon. Le vi; hízome la centésima declaración de amor y luego con semblante dolorido me dijo:

—Soy muy desgraciado, señora, en no poder estar cerca de vos. Tengo que partir con el general Bourdesoulle para esa poética región que llaman la Mancha, idealizada por las aventuras del gran caballero.

Entonces le manifesté que si me proporcionaba los medios de hacer el viaje, poniendo yo por mi cuenta todos los gastos, le seguiría a aquel encantado país que hizo célebre el gran caballero. Al oír esto se volvió todo obsequios, y tres días después tenía yo a mi disposición una silla de postas con caballos del cuartel general de Bourdesoulle y un pase que me aseguraba el respeto de las turbas por todo el tránsito que iba a recorrer.

Salí al fin de Madrid acompañada de mi doncella. Salí como el agua de una esclusa cuando se le abren las compuertas que la sujetan. Yo no veía bastante llanura por donde correr; en ningún momento me parecía que andaba bastante mi coche; enfadábame el cansancio de las mulas, la pesadez de los mesoneros y la flema del mayoral, que se ponía siempre de parte de las caballerías en mi febril contienda con el tiempo y la distancia.

En los pueblos por donde rápidamente pasaba, vi escenas que me causaron tanta indignación como vergüenza. En Ocaña habían quitado las imágenes que adornaban el ángulo de algunas calles, poniendo en su lugar el retrato de Fernando, entre cirios y ramos de flores, y debajo la piadosa inscripción: «¡Vivan las caenas!» En Tembleque presencié el acto solemne de arrojar al pilón donde bebían las mulas, a dos o tres liberales y otros tantos milicianos. En Madridejos tuve miedo, porque una turba que invadía el camino cantando coplas tan disparatadas como obscenas quiso detenerme, fundada en que el mayoral había tocado con su látigo el estandarte realista que llevaba un fraile. Necesité mostrar mucha serenidad y aun derramar algún dinero para que no me causasen daño; pero no pude seguir hasta que no llegaron a aquel ilustrado pueblo las avanzadas de la caballería francesa.

En Puerto Lápice se rompió una ballesta de mi coche, ocasionándome una detención de dos días. Las horas eran siglos para mí. Me quemaba la tierra bajo los pies. Yo hubiera deseado poseer la autoridad de una reina asiática para vencer tantas dificultades, atando a los hombres al pescante de mi coche. La desproporción enorme entre mi impetuoso anhelo y los medios materiales de que disponía, me llevaron a un lamentable estado nervioso que de ningún modo podía calmar. Únicamente logré un poco de alivio a aquel penoso hervor de mi carácter empleando un medio bastante pueril, pero que no parecerá muy absurdo a las mujeres que se me asemejan. Consistía en tomar el látigo del mayoral y ponerme a descargar furiosos latigazos sobre los robles del camino en Sierra Morena y sobre los olivos de Andalucía.

En Sierra Morena hallé nuevos obstáculos. Allí había una especie de ejército español, mandado por una especie de general, que tenía el encargo de hacer una especie de resistencia a las tropas de Bourdesoulle. Dios había decidido que no hubiese otro Bailén en la historia, y los inocentes que creían en un nuevo 19 de julio de 1808 se llevaron gran chasco. ¡Parece mentira! Quince años después, los papeles de aquel drama habían cambiado. Los personajes eran los mismos. Creeríase que habían resucitado los muertos de la gloriosa época, pero que al vestirse se habían equivocado de uniforme.

En pocas horas fue desbaratado Plasencia (que así se llamaba el general que defendía la puerta de Andalucía) y los franceses pisaron el glorioso campo de las Navas de Tolosa, de Menjíbar y de Bailén. Menos afortunada yo, fui otra vez detenida; y ahora el conde de Montguyon, a quien Bourdesoulle mandó situarse en Guarromán, mostró muy poco interés porque yo siguiera adelante. Con todo, tales artes usé para sacar partido de su caballería andante, que me libré de él muy lindamente. Por fin, el 6 de junio entré en Córdoba, donde no me detuve más que lo preciso.

El 9 por la tarde vi a lo lejos una inmensa mole rojiza que iluminaban los rayos del moribundo Sol. Ante mí se extendían hermosas llanadas de trigo, como un campo de oro, cuya reverberación amarilla ofendía a los ojos. Yo no había visto un cielo más alegre, ni un ambiente más respirable y que más embelesase los sentidos, ni un crepúsculo más delicioso. La enorme torre que se destacaba a lo lejos sobre apretado caserío, y entre otras mil torres pequeñas, iba creciendo a medida que yo me acercaba y parecía venir a mi encuentro con gigantesco paso. La torre era la Giralda y la ciudad Sevilla.

XXII

¡Sevilla! ¡De qué manera tan grata hería mi imaginación este nombre! ¡Qué idealismo tan placentero despertaba en mí! No creo que nadie haya entrado en aquel pueblo con indiferencia, y desde luego aseguro que el que entre en Sevilla como si entrara en Pinto es un bruto. ¡El Burlador, don Pedro el Cruel, Murillo! Bastan estas tres figuras para poblar el inmenso recinto que es en todas sus partes teatro de la novela y el drama, lienzo y marco de la pintura. ¡Y hasta las pinturas sagradas son allí voluptuosas! Para que nada le falte, hasta tiene a Manolito Gázquez, cuyas hipérboles graciosas han dado la vuelta a España, y parece que forman la base de la riqueza anecdótica nacional.

En Sevilla la noche y el día se disputan a cuál es más bello; pero cuando llega el rigor del verano, vence irremisiblemente la noche, asumiendo todos los encantos de la naturaleza y de la poesía. Para ella son los delicados aromas de jazmines y rosas; para ella el picante rumor de las conversaciones amorosas; para ella la dulce tibieza de un ambiente que recrea y enamora, las quejumbrosas guitarras que expresan todo aquello a que no pueden alcanzar las lenguas. Cuando yo llegué se dejaba sentir bastante el calor, sin ser insoportable; pero las noches eran deliciosas, un paraíso en el cual no se echaba de menos el Sol.

Me alojé en una hermosa posada de la calle de Génova, y desde la noche de mi llegada vi a muchos diputados que moraban allí y a otros que iban a visitarles. Aquello era un hervidero de gente habladora, una olla puesta al fuego. Sus agitadas disputas, sus gestos, sus furores indicaban la gravedad de la situación.

Vivían conmigo Argüelles, Canga Argüelles, Salvato, Flórez Calderón, el canónigo Villanueva y don Cayetano Valdés el almirante. Iban a visitar a estos Galiano, Istúriz, Beltrán de Lis, don Ángel de Saavedra, después duque de Rivas, y otros. Con algunos de ellos tenía yo amistad. Oyéndoles supe que se había descubierto una conspiración tramada por cierto general inglés llamado Downie, el mismo que había organizado una partida de combatientes en la guerra de la Independencia. La conspiración debió de ser muy inocente como todas las modas de aquel tiempo, y todo en ella fue de sainete, hasta el descubrimiento, hecho por un cirujano.

Tan solo descansé en la noche de mi llegada, y el día siguiente, que era el 10 de junio, di principio a mis investigaciones, saliendo a hacer algunas visitas. Al pasar por las calles más principales experimentaba profunda emoción creyendo ver semblantes conocidos. Yo no sé qué había en aquella fisonomía de la multitud para turbarme tanto; pero esto pasa cuando lo que amamos se pierde en las oleadas del gentío, al cual presta su rostro y su persona toda.

Aprovechando bien el día pude ver a muchas personas y dar con alguna que me indicó el domicilio de los marqueses de Falfán. Este era el principal objeto de mis impacientes ansias. Pero en aquel día 10 de junio, precursor de una de las fechas más célebres de nuestra historia, nadie hablaba de otra cosa que de política, de la resistencia del Rey a trasladarse a Cádiz y del empeño de los ministros en llevárselo de grado o por fuerza. Advertí entonces que no era Sevilla población muy liberal, y que en la contienda entablada, la mayoría de los paisanos de Manolito Gázquez se ponían de parte del Rey. Por un fenómeno extraño, la aristocracia aparecía más enemiga del absolutismo que el pueblo; pero esto no me causaba sorpresa, por haber observado el mismo contrasentido en Madrid.

No pudiendo refrenar mi impaciencia, aquella misma noche fui a casa del marqués de Falfán. Las visitas de noche son sumamente agradables en verano y en aquel país, contribuyendo a ello los frescos patios trocados en salones de tertulia. Nadie puede, sin haber visto estos agradables recintos, formar idea de ellos y del hermoso conjunto que presentan las plantas, la fuente de mármol con su murmurante surtidor, los espejos, los cuadros al mismo tiempo iluminados por las bujías y por el rayo de Luna que penetra burlando el toldo, la dulce cháchara de las conversaciones, más dulce a causa del gracioso ceceo bético, y por último, las lindas andaluzas que alegrarían un cementerio, cuanto más un patio de Sevilla.

Había pocas personas en casa de Falfán. Encontré a la marquesa muy desmejorada y triste en gran manera, lo cual no sé si me causó pena o alegría. Creo que ambas cosas a la vez. Yo justifiqué mi viaje a Sevilla, suponiendo asuntos de intereses, y no me atreví a preguntar por él ni siquiera a nombrarle para que mi afectada indiferencia alejara todo recelo. Tenía esperanza de verle entrar en el patio cuando menos lo pensase, y me preparaba para no turbarme en el momento de su aparición. Cualquier ruido de la puerta me hacía temblar, dándome los escalofríos propios de la pasión en acecho.

Sin que me esté mal el decirlo, y poniendo la verdad por delante de todo, aun de la modestia, yo estaba guapísima aquella noche, vestida al estilo de París con una elegancia superior a cuanto veían mis ojos. Harto me lo probaban los de los caballeros allí presentes, que no se apartaban de mí, causando envidia a todas. Como los andaluces no son cortos de genio, aquella noche recibí galanterías y donaires para el año entero.

Mi afán consistía en sacar alguna luz, algún dato, alguna noticia, de mi conversación con la marquesa de Falfán; pero fuese discreción suma o ignorancia de la hermosa dama, ello es que nada dejó comprender. Hablaba lo menos posible, y con sus miradas lo mismo que con el sentido de sus palabras solo una cosa me decía claramente, es a saber: que me aborrecía de todo corazón. Yo, maestra consumada, disimulaba mejor que ella.

El marqués de Falfán de los Godos, hablándome de política, me distrajo de esta batalla que yo daba a la taciturna reserva de Andrea. Las aficiones que yo había mostrado en Madrid a las cosas públicas me perdieron entonces, porque el buen señor me atacó con verdadera ferocidad de charlatanismo, deseando saber mi opinión sobre sucesos y personas. Mi fastidioso interlocutor era liberal templado, partidario de un justo medio, muy justamente mediano, y de las dos Cámaras y del veto absoluto. Había tenido sus repulgos de masón, repetía los dichos de Martínez de la Rosa y era bastante volteriano en asuntos religiosos. Defendía al clero como fuerza política; pero se burlaba de los curas, del Papa y aun del dogma mismo, sin que esto fuera obstáculo para creer en la conveniencia de que hubiese muchos clérigos, muchos obispos, muchísimas misas y hasta Inquisición. En suma: las ideas del marqués eran el capullo de donde, corriendo días, salió la mariposa del partido moderado.

Decir cuánto me mareó aquella noche fuera imposible. Tuve que saber cosas que a la verdad me interesaban poco; por ejemplo: que Calatrava, a la sazón presidente del Ministerio, no era hombre apropiado a las circunstancias; que los masones primitivos o *descalzos* estaban en gran pugna con los secundarios o *calzados* y ambos con los comuneros y carbonarios; que los partidarios de San Miguel trabajaban por echarlo todo a perder más de lo que estaba, y que cuando ocurrió el cambio de Ministerio que había llevado al poder a los amigos de Calatrava, se habían visto cosas muy feas. Exaltándose a medida que entraba en materia, me dijo que él (el marqués de Falfán de los Godos) habría sido ministro si hubiera querido, cuando se negó a serlo Flores Estrada; pero que no quiso meterse en danzas; que él (el propio marqués) había previsto los terribles sucesos que ya estaban cerca, y que la ruina del pobre sistema era ya inminente y segura. Apoyábanle en esto todos los presentes, mientras yo me aburría a mis anchas oyéndole. Era para morir.

Habiendo dicho uno de los tertulios que Su Majestad se negaría resueltamente a salir de Sevilla, el marqués habló así:

—Pues el Gobierno insiste en llevárselo a Cádiz, ¡qué tontería!... y como el Rey insiste en no ir, el Gobierno piensa declararle loco... ¡Loco Su Majestad, señores, el hombre más cuerdo de toda España, el único español que sabe a dónde va y por dónde ha de ir!

Luego, dirigiéndose a mí y como quien habla en secreto, me dijo que Calatrava era un hombre atolondrado; Yandiola, ministro de Hacienda, una nulidad, y el de la Guerra, Sánchez Salvador, un insensato.

Yo estaba nerviosa a más no poder. Las palabras se me venían a la boca para contestarle de este modo:

—¿Y a mí qué me cuenta usted de todo eso señor marqués? ¿Qué me importa a mí que Calatrava sea un majadero, Yandiola y Sánchez Salvador dos majaderos y usted más majadero que todos ellos?

Pero con no poco trabajo me contenía. Obligada a decir algo a causa de mi pícara reputación, me complacía en contradecirle, de modo que todo lo que para él era blanco, yo lo veía negro. A cuantos el marqués denigró yo les supuse talentos desmedidos. En lo relativo a declarar loco a Su Majestad, dije que me parecía el acto más cuerdo y acertado del mundo.

—Pero, señora —me dijo el marqués—, esto equivale a destronar a Su Majestad, porque si le declaran incapacitado para reinar...

—Justamente, señor marqués —repuse—. Le destronan y luego le vuelven a entronizar; le quitan y le ponen, según conviene a las circunstancias. ¿Hay cosa más natural? ¿El Rey no abre y cierra las Cortes? Pues las Cortes abren o cierran al Rey cuando les acomoda.

Tomaron a risa, como lo merecían, mis observaciones; pero no por verme tan inclinada a las burlas, cejó Falfán en su fastidioso disertar.

Entonces entró el príncipe de Anglona, personaje distinguido de la fracción de Martínez de la Rosa y el duque del Parque, cuya vista me causó grande alegría. El príncipe dijo que al día siguiente habría sesión muy interesante para discutir lo que debiera hacerse en virtud de la negativa del Rey a salir de Sevilla. Yo le pedí una papeleta de tribuna al duque del Parque y ofreció mandármela. Anglona se brindó a llevarme a Palacio. Formando mi plan para el día siguiente, determiné ver a Su Majestad y asistir a la sesión de las Cortes, encendiendo de este modo una vela a San Miguel y otra al diablo.

El duque del Parque, cuando no podían oírlo los demás, me dijo con malignidad:

—Mi secretario, a quien usted conoce, le llevará mañana la papeleta para la galería reservada de las Cortes.

Al oír esto parece que se abrieron delante de mí los cielos. Mi alma se llenó de alegría, que a no ser por el gran disimulo que eché sobre ella, como se echa hipocresía sobre un pecado, hubiera sido advertida por la concurrencia. Desde aquel momento todo se transformó a mis ojos. Cuanto dijo el marqués de Falfán de los Godos lo encontré discreto y agudo y sus majaderías me parecieron prodigios de ingenio y perspicacia política. A todo le contesté, desplegando verbosidad abundante como en mis mejores tiempos de Madrid, emitiendo juicios picarescos y sentenciosos, juzgando a los personajes con graciosa malevolencia y retratándoles con breves rasgos de caricatura. Desde aquel momento tuve lo que me había faltado en toda la noche, ingenio. Respondí a las galanterías, supe marear a más de cuatro, mortifiqué a la marquesa, alegré la reunión. Al retirarme no dejaba más que tristezas y presentimientos detrás de mí. Yo me llevaba todas las alegrías.

XXIII

Desde muy temprano me levanté, pues poco dormí aquella noche. Las noches de Sevilla no parece que son, como las de otras partes, para dormir. Son para soñar en vela... Le aguardaba con tanta impaciencia, que a cada instante salía al balcón, esperando verle entre la multitud que pasaba por la calle de Génova. De repente me anunciaron una visita. Creí verle entrar; salí corriendo; pero mi corazón dio un vuelco quedándose frío y quieto, cual si hubiera tropezado en una pared. Tenía delante al príncipe de Anglona, un señor muy bueno, un caballero muy simpático, muy atento, pero cuya presencia me contrariaba extraordinariamente en aquel instante.

Venía para llevarme al Alcázar.

—Su Majestad —me dijo—, recibe ahora muy temprano. Anoche le manifesté que estaba usted aquí y me rogó que la llevase a su presencia hoy mismo.

Yo quise hacer objeciones, pretextando la inusitada hora, pues no habían dado las once; pero nada me valió. Érame imposible resistir a aquella majadería insoportable que revestía las formas de la más delicada atención. Tampoco podía defenderme con dolor de cabeza, vapores u otros recursos que tenemos para tales trances. Humillé la frente como víctima expiatoria de las conveniencias sociales, y después de arreglarme me dispuse a aceptar un puesto en la carroza del príncipe, no sin dejar antes a mi criada instrucciones muy prolijas para que detuviera hasta mi vuelta al que forzosamente había de venir. Partí resuelta a hacer a Su Majestad visita de médico. En aquella ocasión deploré por primera vez que existieran Reyes en el mundo.

Poca es la distancia que hay de la calle de Génova al Alcázar. Antes de las doce estaba yo en la Cámara de Su Majestad y salía gozoso a saludarme el descendiente de cien Reyes, pegado a su regia nariz. No parecía nada contento; pero mostró mucho placer en verme, dándome a besar su mano y rogándome que me sentase a su lado. Tanta bondad que a cualquiera habría ensoberbecido, a mí me hizo muy poca gracia, y menos cuando con sus preguntas daba a entender que la visita sería larga.

Fernando quiso saber por mí algunas particularidades de la entrada de los franceses en Madrid, de la defección de La Bisbal en Somosierra y de la derrota de Plasencia en Despeñaperros. Yo contesté a todo, cuidando de la brevedad más que de otra cosa, y fingiéndome ignorante de varios hechos que sabía perfectamente; pero ninguna de estas estratagemas me valía, porque Fernando VII, que en el preguntar había sido siempre absoluto, no se hartaba de oír contar cada paso del ejército francés; y como además de mis palabras, le recreaba bastante, como he dicho en otra ocasión, la boca que las decía, de aquí que no llevara camino de saciar en muchas horas la curiosidad de su entendimiento y la concupiscencia de sus voraces ojos.

—¡Ay!, ¡qué felices son las repúblicas! —pensé—. Al menos, en ellas no hay Reyes pesados y preguntones que quieran saber noticias de la guerra a costa de la felicidad de sus súbditos.

Yo le miraba haciendo esfuerzos heroicos para disimular mi descontento. Al responderle, decía en mi interior:

—Me alegraría de que te encerraran en una jaula como loco rematado.

Él entonces, sin indicios de conocer mi cansancio, hablome así con cierto tono de confianza:

—Se empeñan en que me han de llevar a Cádiz, y yo me empeño en no salir de Sevilla. Veremos si se atreven a llevarme a la fuerza o si yo cedo al fin.

—No se atreverán, señor.

—Ellos saben —continuó—; que en Cádiz hay una terrible epidemia; pero eso no les importa. ¡A Cádiz de cabeza! ¿Nada importa, señores diputados, que yo y toda la real familia nos expongamos a perecer?... Veremos lo que decide el Consejo...

—Decidirá lo más conveniente.

—Yo les digo a esos señores: ¿Creen ustedes posible resistir a los franceses? No. Pues si al fin se ha de capitular, ¿no es mejor hacerlo en Sevilla?

—Admirable raciocinio, señor.

—Nada, a Cádiz, a Cádiz, y entretanto ni coches para el viaje, ni recursos...

Parecía mortificado por dos o tres ideas fijas que agitadamente se sucedían en su mente y se enlazaban formando esa dolorosa serie de vibrantes círculos cerebrales que, si no producen la locura, la imitan. Me fue preciso en vista de tanta pesadez, fingirme enferma y pedirle permiso para retirarme. Él entonces, ¡oh fiero y descomunal tirano!, se empeñó en que me quedase en el Alcázar, donde se me prepararía habitación conveniente.

—Te comprendo, déspota —dije para mí sofocando mi cólera.

No había más remedio que ser huraña y descortés, rehusando los obsequios y tapando mis oídos a preguntillas que empezaban a dejar de ser políticas. Al retirarme, Su Majestad me dijo:

—No saldré de Sevilla, no saldré... Veremos si se atreven.

—No se atreverán, señor —le respondí—. Vuestra Majestad podrá, con una firme voluntad, desbaratar las maquinaciones de los pérfidos.

Estas vulgaridades palaciegas le agradaban. Le dejé entregado a sus febriles inquietudes y corrí a calmar las mías. Por el camino iba contando el tiempo transcurrido, que me parecía largo, como todo lo que precede a la felicidad que se espera. Llegué a mi casa, subí precipitadamente, creyendo que él saldría a recibirme con los brazos abiertos; pero en mis habitaciones hallé un silencio y un vacío tristísimos... No estaba. Mi primer impulso fue de ira contra él por la audacia inaudita, por la infame crueldad de no estar allí; pero luego tornáronse contra el Rey mis furores, cuando Mariana, mi fiel criada, me dijo que el caballero se había cansado de esperar.

—¿Luego ha estado aquí?

—Sí señora; ha estado más de hora y media. No haría diez minutos que usted había salido, cuando entró...

—¿Y no dijo que volvería?

—No dijo nada más sino que tenía que ir a las Cortes.

—Yo también tengo que ir a las Cortes —dije sintiéndome como una máquina loca que mueve a la vez, con precipitada carrera todas sus ruedas—. Vamos, vístete, Mariana, que no quiero perder esa gran sesión.

Por no ir sola, yo llevaba siempre conmigo a mi leal criada, vestida de señora, imitando en esto la usanza francesa de las *señoritas de compañía*. Esto era sumamente cómodo para mí, porque me libraba de la necesidad de admitir en muchos casos la compañía de hombres importunos o antipáticos. En poco tiempo, haciendo yo de sirviente y Mariana de señora, quedó vestida, no tan bien que se desconociese su inferioridad con respecto a mí; pero con suficiente elegancia para poder ir al lado mío. Muchos la creían hermana soltera o parienta pobre.

XXIV

Fuimos a las Cortes, que estaban en San Hermenegildo, en la calle de La Palma, frente a San Miguel. Difícil hallamos la entrada a causa de la mucha gente que llenaba la calle agolpándose en las puertas del edificio como las apiñadas lapas en la roca. Mujeres menos resueltas que nosotras habrían vuelto la espalda; pero Mariana y yo sabíamos romper las cortezas del vulgo y al fin nos abrimos paso, y entrando con desenfado y pie ligero subimos a la galería. Desde antes de entrar en ella oímos la voz de un orador que resonaba en medio del más imponente silencio.

Mucho hubimos de bregar para encontrar asiento, pero al fin pidiendo mil veces perdón y oyendo murmullos de descontento a un lado y otro logramos acomodarnos. Mi primer cuidado no fue atender a lo que aquel gran orador decía, cosas sin duda altamente dignas de aplauso; mi primer cuidado fue registrar con los ojos toda la galería reservada por ver si estaba allí quien me cautivaba más que los discursos. Pero ni a derecha ni a izquierda, ni delante ni detrás le vi, con lo cual la gran pieza oratoria que se estaba pronunciando empezó a serme muy fastidiosa.

—¿Quién habla? —pregunté a una señora vieja que estaba junto a mí.

—Alcalá Galiano, el gran orador —repuso en tono de extrañeza por mi ignorancia.

—¿Y de qué habla? —pregunté sin temor de que la señora vieja me creyera cerril.

—¿De qué ha de hablar? Del suceso del día.

La señora volvió el rostro hacia el salón, demostrando más interés por el discurso que por mis preguntas. Yo no quise molestar más, y traté de atender también. El orador hablaba de la patria, del inminente peligro de la patria, y de la salvación de la patria y de la gloria de la patria. Es el gran tema de todos los oradores, incluso los buenos. No he conocido a ningún político que no estropeara la palabra patriotismo hasta dejarla inservible, y en esto se me parecen a los malos poetas, que al nombrar constantemente en sus versos la inspiración, la lira, el estro, la musa ardiente, la fantasía, hablan de lo que no conocen.

Alcalá Galiano era tan feo y tan elocuente como Mirabeau. Su figura, bien poco académica y su cara no semejante a la de Antinoo, se embellecían con la virtud de un talismán prodigioso, la palabra. Le pasaba lo contrario que a muchas personas de admirable hermosura, las cuales se vuelven feas desde que abren la boca. Aquel día, el joven diputado andaluz había tomado por su cuenta el llevar adelante la hazaña más revolucionaria que registran nuestros anales.

Los españoles sentían la comezón de destronar algo, y el afán de probar la embriaguez revolucionaria que sin duda embelesa a los pueblos de Occidente como a los chinos el opio, y dijeron: «hagamos temblar a los Reyes, pues que ha llegado la hora de que los reyes tiemblen delante del pueblo...» Mas era aquí la gente demasiado bondadosa para una calaverada sangrienta. En otra parte al ver al Rey sistemáticamente contrario a la Representación nacional, le hubieran cortado la cabeza; aquí le privaron del uso de la razón temporalmente, diciendo: «Señor, vuestro deseo de esperar aquí a los franceses nos prueba que estáis loco. Con arreglo a la Constitución declaramos que sois digno de un manicomio y de perder la autoridad real. Vámonos a Cádiz, y cuando estemos allí, os adornaremos de nuevo con vuestra cabal razón, y seguiremos partiendo un confite como hasta aquí.»

Admirable recurso habría sido este a mi parecer, desde el punto de vista liberal, teniendo un gran ejército para reforzar el argumento en los campos de batalla. Sin fuerza, aquel hecho probaba que los diputados estaban más locos que el Rey, y así se lo dije a Falfán de los Godos. Con esto se comprende que el marqués había entrado en la galería, colocándose detrás de mí. Él ponía mucha más atención que yo al discurso y aun a los rumores que sonaban arriba y abajo.

—Han llenado de gentuza la tribuna pública —me dijo en voz baja—, para que aplauda las atrocidades que habla ese hombre.

No sé si era o no gente pagada, pero es lo cierto que a cada párrafo coruscante, terminado en la *salvación de la patria* o en *el afrentoso yugo de esta Nación heroica*, la galería pública mugía como una tempestad cercana. ¡Qué rugidos, qué gestos de bárbaro entusiasmo, qué manera de apostrofar! Algunas señoras tuvieron miedo y se retiraron, lo cual me agradó en extremo, porque la tribuna se quedó muy holgada.

—¿Piensa usted seguir hasta el fin? —me dijo el marqués de Falfán endulzando su mirada hasta un extremo empalagoso.

—Estaré algún tiempo más —le dije—. No me he cansado todavía.

Y miraba a diestra y siniestra esperando verle y no viéndole nunca. Los que me conocen comprenderán mi aburrimiento y pena. No hay tormento peor que tener ocupada la mente por una idea fija que no puede ser desechada. Es una espina clavada en el cerebro, una acerada punta que hiere, y que sin embargo no se puede ni se quiere arrancar. Yo procuraba distraerme de aquel a manera de dolor agudísimo, charlando con Falfán; pero no conseguí nada. La locura del Rey, declarada por una votación que iba a verificarse, la exaltación revolucionaria de los diputados, la elocuencia fascinadora de Galiano, no bastaban a dar otra dirección a las fuerzas de mi espíritu.

—¿Y usted qué cree? —me preguntó el marqués.

—Yo no creo nada —respondí con el mayor hastío—. Si he de hablar con franqueza, nada de esto me importa gran cosa.

—¡Que declaren loco a Su Majestad!...

—Lo mismo que si lo declararan cuerdo... Yo soy así... Parece que se cansan —añadí reparando que se suspendían los discursos.

—Es que ahora va una comisión de las Cortes al Alcázar a intimar al Rey. Si no se resigna a salir...

—¿Habrá más discursos?

—Las Cortes están en sesión permanente. Después vendrá lo más interesante, lo más dramático; yo no pienso moverme de aquí.

—Su Majestad ha de responder que no sale de Sevilla. Me lo ha dicho esta mañana, y aunque no tengo gran fe en su palabra, parece que por esta vez va a cumplir lo que dice.

—Lo mismo creo, señora. En ese caso, las Cortes, después de este respiro que ahora se dan, están dispuestas a poner en ejecución el artículo 187 de la Constitución...

—¿Y qué dice ese artículo?...

En el momento de formular esta pregunta me estremecí toda, y me pasó por delante de los ojos una claridad relampagueante. Le vi: había entrado en la tribuna inmediata y volvía sus ojos en todas direcciones, como buscándome. Desde aquel instante las palabras del marqués no fueron para mí sino un zumbido de moscardón... Por fin sus ojos se encontraron con los míos.

—¡Gracias a Dios! —le dije, empleando tan solo el lenguaje de las pupilas.

El marqués seguía hablando. Para que no descubriese mi turbación, ni se enojase al verme tan distraída, le pregunté de nuevo:

—¿Y qué dice ese artículo?

—Si se lo he explicado a usted —repuso—. Sin duda no me presta atención. Es usted muy distraída.

—¡Ah!, sí... Estaba pensando en ese pobre Fernando.

—El mejor procedimiento, a mi modo de ver —manifestó Falfán de los Godos gravemente— sería...

—¡Que le cortaran la cabeza! —indiqué mostrándome, sin cuidarme de ello, tan revolucionaria como Robespierre.

—¡Qué cosas tiene usted! —exclamó el marqués, riendo.

Y siguió hablándome, hablándome, es decir, zumbando como un abejorro. Pasados diez minutos, creí conveniente dirigirle otra vez la palabra, y repetí mi preguntilla.

—¿Y qué dice ese artículo?

—Por tercera vez se lo diré a usted.

Entonces me fue forzoso dedicarle un pedacito de atención.

—El artículo 187 dice poco más o menos que cuando se considere a Su Majestad imposibilitado moralmente para ejercer las funciones del poder ejecutivo, se nombre una Regencia...

—¿Cómo la de Urgel?

—Una Regencia constitucional, señora, que desempeñe aquellas funciones...

—¡Oh!, señor marqués, en todo soy de la misma opinión de usted —exclamé con artificiosa admiración—. En pocos hombres he visto un juicio tan claro para hacerse cargo de los sucesos.

Miré a Salvador. Pareciome que con los expresivos ojos me decía: «Salgamos.» Y al mismo tiempo salía.

—Yo me retiro, señor marqués —dije de improviso levantándome.

—Señora: ¡se marcha usted en el momento crítico! —exclamó con asombro y pena—. Se van a reanudar estas interesantes discusiones. ¡Qué discursos vamos a oír!

—Estoy fatigada. Hace mucho calor.

—Sin embargo...

Mientras en el salón resonaba un rumor sordo como el anuncio de furibunda tempestad parlamentaria, Mariana y yo nos dispusimos a salir; pero en el mismo instante, ¡oh contrariedad imprevista!, multitud de caballeros y señoras entraron en la tribuna. Eran los que habían salido durante el período de descanso, que regresaban a sus puestos para disfrutar de la parte dramática de la sesión. Además, numeroso gentío recién venido se apiñaba en la puerta. No era posible salir.

—Señora —me dijo el marqués—, ya ve usted que no es fácil la salida. No pierda usted su asiento. Esto acabará pronto.

No tuve más remedio que quedarme. Caí en mi asiento como un reo en su banquillo de muerte. Lo que principalmente me apenaba era que entre la multitud había desaparecido el que bastaba a alegrar o entristecer mi situación. En la muralla de rostros humanos, ávidos de curiosidad, no estaba su rostro ni otro ninguno que se le pareciese.

—Sin duda me aguarda fuera —pensé—. ¡Qué desesperación! ¡Cuándo acabará esta farsa!...

XXV

—La comisión que fue con el mensaje a Palacio —dijo el marqués alargando su rostro para abarcar con una mirada todo el salón—, ha vuelto y va a manifestar la respuesta de Su Majestad.

—Que le maten de una vez —indiqué en voz baja—. ¿Dice usted, señor marqués, que esto acabará pronto?

—Quizás no. Me parece que tendremos para un rato. Cosas tan graves no se despachan en un credo.

Pensé que se me caía el cielo encima. El profundo silencio que reinó durante un rato en aquel recinto, obligome a atender brevemente a lo que abajo pasaba. Un diputado en quien reconocí al almirante Valdés, tomó la palabra.

Pudimos oír claramente las palabras del marino al decir: «Manifesté a Su Majestad que su conciencia quedaba salva, pues aunque como hombre podía errar, como Rey constitucional no tenía responsabilidad alguna; que escuchase la voz de sus consejeros y de los representantes del pueblo, a quienes incumbía la salvación de la patria. Su Majestad respondió: *He dicho*, y volvió la espalda.

Cuando estas últimas palabras resonaron en el salón, un rumor de olas agitadas se oyó en las tribunas, olas de patriótico frenesí que fueron encrespándose y mugiendo poco a poco hasta llegar a un estruendo intolerable.

—Todos esos que gritan están pagados —me dijo el marqués.

Entonces miré hacia atrás, pues no podía vencer el hábito adquirido de explorar a cada instante la muchedumbre, y le vi. Estaba en la postrera fila: apenas se distinguía su rostro.

—¡Ah! —exclamé para mí con gozo—. ¡No me has abandonado! Gracias, querido amigo.

Advertí que desde el apartado sitio donde se encontraba atendía a la sesión con toda su alma. Mi pensamiento debía de estar donde estaba el suyo, y atendí también. Segura de tenerle cerca; segura de que fiel y cariñoso me aguardaba, pude tranquilamente fijar mi espíritu en aquella turbulenta parte de la sesión, y en el orador que hablaba. Era otra vez Galiano. Su discurso que en otra ocasión me hubiera fastidiado, entonces me pareció elocuente y arrebatador.

¡Qué modo de hablar, qué elegancia de frase, qué fuerza de pensamiento y de estilo, qué ademán tan vigoroso, qué voz tan conmovedora! Siendo mis ideas tan contrarias a las suyas entonces, no pude resistir al deseo de aplaudirle, enojando mucho al marqués con mi llamarada de entusiasmo.

—¡Oh, señor marqués! —le dije—. ¡Qué lástima que este hombre no hable mal! ¡Cuánto crecería el prestigio del realismo si sus enemigos carecieran de talento!...

Los argumentos del orador eran incontestables dentro de la situación y del artículo 187 que intentaban aplicar. «No queriendo Su Majestad, decía, ponerse en salvo, y pareciendo a primera vista que Su Majestad quiere ser presa de los enemigos de la patria, Su Majestad no puede estar en el pleno uso de su razón. Es preciso, pues, considerarle en un estado de delirio momentáneo, en una especie de letargo pasajero...

Estas palabras compendiaban todo el plan de las Cortes. Un Rey constitucional que quiere entregarse al extranjero está forzosamente loco. La Nación lo declara así y se pasa sin Rey durante el tiempo que necesita para obrar con libertad. ¡Singular decapitación aquella! Hay distintas maneras de cortar la cabeza, y es forzoso confesar que la adoptada por los liberales españoles tiene cierta grandeza moral y filosófica digna de admiración. «Antes que arrancar de los hombros una cabeza que no se puede volver a poner en ellos, dijeron, arranquémosle el juicio, y tomándonos la autoridad real, la persona jurídica, podremos devolverlas cuando nos hagan falta.»

Yo miraba a cada rato a mi adorado amigo, y con los ojos le decía:

—¿Qué piensas tú de estos enredos? Luego hablaremos y se ajustarán las cuentas, caballerito.

No duró mucho el discurso de Galiano, porque aquello era como lo muy bueno, corto, y habían llegado los momentos en que la economía de palabras era una gran necesidad. Cuando concluyó, las tribunas prorrumpieron en locos aplausos. Entre las palmadas, semejantes por su horrible chasquido a una lluvia de piedras, se oían estas voces: «¡A nombrar la Regencia! ¡A nombrar la Regencia!»

—Señora —me dijo el marqués horrorizado—, estamos en la Convención francesa. Oiga usted esos gritos salvajes, esa coacción bestial de la gente de las galerías.

—Van a nombrar la Regencia.

—Antes votarán la proposición de Galiano. ¡Atentado sacrílego, señora! Me parece que asisto a la votación de la muerte de Luis XVI.

—¡Qué exageración!

—Señora —añadió con solemne acento—. Estamos presenciando un regicidio.

Yo me eché a reír. Falfán, enfureciéndose por el regicidio que se perpetraba a sus ojos, e increpando en voz baja a la plebe de las galerías, era soberanamente ridículo.

—Lo que más me indigna —exclamó pálido de ira—, es que no dejen hablar a los que opinan que Su Majestad no debe ser destronado.

En efecto: con los gritos de *¡fuera!, ¡que se calle!, ¡a votar!,* ahogaban la voz de los pocos que abrazaron la causa del Rey. La Presidencia y la mayoría, interesadas en que las tribunas gritasen, no ponían veto a las demostraciones. Veíase al alborotado público agitando sus cien cabezas y vociferando con sus cien bocas. En la primera fila los brazos gesticulaban señalando o amenazando, o golpeaban el antepecho con las bárbaras manos que más bien parecían patas. Muchas señoras de la tribuna reservada se acobardaron y diose principio al solemne acto de los desmayos. Esto fue circunstancia feliz, porque la tribuna empezó a despejarse un poco, haciendo menos difícil la salida.

—Señor marqués —dije tomando la resolución de marcharme—. Me parece que es bastante ya.

—¿Se va usted? Si falta lo mejor, señora.

—Para mí lo mejor está fuera. Aquí no se respira. Adiós.

—Que van a votar. Que vamos a ver quiénes son los que se atreven a sancionar con su nombre este horrible atentado.

—Ahí tiene usted una cosa que a mí no me importa mucho. ¿Qué quiere usted?, yo soy así. Dormiré muy bien esta noche sin saber los nombres de los que dicen sí.

—Pues yo no me voy sin saberlo. Quiero ver hasta lo último; quiero ver remachar los clavos con que la Monarquía acaba de ser crucificada.

—Pues que le aproveche a usted, señor marqués... Veo que ya se puede salir. Adiós, tantas cosas a la marquesa. Ya sabe que la quiero.

No hice muy larga la despedida por temor a que tuviese la deplorable ocurrencia de acompañarme. Salí. ¡Ay!, aquella libertad me supo a gloria. ¡Con qué placentero desahogo respiraba! Al fin iba a satisfacer mi deseo, la sed de mis ojos y de mi alma, que ha tiempo no vivían sino a medias. Desde que salí a los pasillos le vi allá lejos esperándome. Hízome una seña y ambos procuramos acercarnos el uno al otro, cortando el apretado gentío que salía. Pero cuando estaba a seis pasos de él, sentí detrás de mí la áspera voz de Falfán, la cual me hizo el efecto de un latigazo. Volvime y vi su sonrisa y sus engomados bigotes que yo creía haber perdido de vista por muchos días.

—Señora, no se me escape usted —me dijo, ofreciéndome su brazo—. He salido porque la votación no es nominal. Esos pícaros han votado levantándose de su asiento... ¡qué escándalo!... ¡Votar así un acuerdo tan grave!... ¡Tienen vergüenza y miedo!... ya se ve... Tome usted mi brazo, señora.

La importuna presencia del estafermo me dejó fría. No tuve otro remedio que apoyar mi mano en su brazo y salir con él. Frente a nosotros vi a Salvador, que me pareció no menos contrariado que yo.

—Querido Monsalud —le dijo el marqués—, ¿ha visto usted la sesión? ¡Gran escena de teatro! Me parece que correrá sangre.

No recuerdo lo que ambos hablaron mientras bajamos a la calle. Me daban ganas de desasirme del brazo del marqués, y empujarle con todas mis fuerzas para que fuera rodando por la escalera abajo, que era bastante pendiente. Pero me fue forzoso tener paciencia y esperar, fiando en que el insoportable intruso nos dejaría solos al llegar a la calle. ¡Vana ilusión! Sin duda se habían conjurado contra mí todas las potencias infernales. El marqués de Falfán, empleando su relamido tono, que a mí me sonaba a esquilón rajado, me dijo:

—Ahora, dígnese usted aceptar mi coche y la llevaré a su casa.

—Si yo no voy a mi casa —repuse vivamente—. Voy a visitar a una amiga... O quizás como ya es tarde y no hace calor, daremos Mariana y yo un paseo.

—Bien, a donde quiera usted que vaya la acompañaré —dijo el marqués con la inexorable resolución de un hado funesto—. Y usted, Salvador, ¿a dónde va?

—Tengo que ver a un amigo junto a San Telmo.

—Entonces no digo nada. Si va usted en esa dirección no puedo llevarle. Y usted, Jenara, ¿a dónde quiere que la lleve?

—Mil gracias, un millón de gracias, señor marqués —repuse—. El movimiento del coche me marea un poco. Me duele la cabeza y necesito respirar libremente y hacer algo de ejercicio. Mariana y yo nos iremos a dar una vuelta por la orilla del río.

Bien sabía yo que el señor marqués no gustaba de pasear a pie y que en aquellos días estaba medianamente gotoso. Yo no quería que de ningún modo sospechase Falfán que Salvador y yo necesitábamos estar solos. Al indicar yo que iría a pasear por la orilla del río, claramente decía a mi amado:

—Ve allá y espérame, que voy corriendo, luego que me sacuda este abejón.

Comprendiéndome al instante, por la costumbre que tenía de estudiar sus lecciones en el hermoso libro de mis ojos, se despidió. Bien claro leí yo también en los suyos esta respuesta: «Allá te espero: no tardes.»

Luego que nos quedamos solos, el marqués reiteró sus ofrecimientos. Parecía que no rodaba en el mundo más carruaje que el suyo según la oficiosidad con que lo ponía a mi disposición.

—La tarde está hermosa. Deseo pasear un poco a pie, repetí, como quien ahuyenta una mosca.

—Pues entonces —me contestó estrechándome la mano—, no quiero alejarme de aquí; aún debe pasar algo importante. A los pies de usted, señora.

Al fin... Al fin me soltó aquel gavilán de sus impías garras... Mariana y yo nos dirigimos apresuradamente a la margen del Guadalquivir.

—¡Ahora si que no te me escapas, amor! —pensaba yo.

XXVI

Cuán largo me pareció el camino. Mariana y yo íbamos con más prisa de la que a dos señoras como nosotras convenía. Pero aun conociendo que parecíamos gente de poco más o menos, cuando vi la Torre del Oro, los palos de los barcos y los árboles que adornan la orilla, avivé más el paso. No faltaba gente en aquellos deliciosos sitios; mas esto me importaba poco.

—Vamos hacia San Telmo —dije a Mariana—. Creo que es aquel edificio que se ve más abajo entre los árboles.

—Aquel es.

—Mira tú hacia la izquierda y yo miraré hacia adelante para que no se nos escape. Dijo que me esperaría en San Telmo.

—Ya le veo, señora. Allí está.

Mariana le distinguió a regular distancia y yo también le vi. Me aguardaba puntualmente.

—¡Ah, bribón, ya eres mío! —pensé, deteniendo el paso, segura al fin de que no se me escaparía.

Él miraba hacia la puerta de Jerez, como si nos aguardara por allí. Avanzamos Mariana y yo, dando un pequeño rodeo para acercarnos a él por detrás, y sorprenderle, sacudiéndole el polvo de los hombros con nuestros abanicos. Yo sonreía.

Distábamos de él unos diez pasos, cuando sentí que me llamaban.

—¡Jenara, Jenara! —oí detrás de mí, sin poder precisar en el primer instante a quién pertenecía aquella horrible e importuna voz.

Volvime y el coraje me clavó los pies en el suelo. Era el marqués de Falfán de los Godos, que venía hacia mí sonriendo y cojeando. Tan confundida estaba que no le pude decir nada ni contestar a sus empalagosos cumplidos.

—Vaya que ha corrido usted, amiguita —me dijo—. Yo acabo de llegar en coche... Es que en el momento de separarnos se me ocurrió una cosa...

—¿Qué cosa?

—Padecí un gran olvido —dijo relamiéndose—. Dispénseme usted. Como usted dijo que venía a pasear a este sitio...

—¿Y qué?... ¿qué?... ¿qué?

Según me dijo después Mariana, yo echaba fuego por los ojos.

—Que olvidé ofrecerme a usted para una cosa que, sin duda, le será muy agradable.

—Señor marqués, usted se burla de mí.

—¡Burlarme! No, hija mía: al punto que nos separamos, dije para mí: «¡Qué desatento he sido!» Puesto que va al río, debí brindarme a acompañarla para ver el vapor y mostrarle ese prodigio de la industria del hombre.

—¡Usted está loco, sin duda! —afirmé ocultando todo lo posible mi despecho—; ¿qué es eso del vapor? No entiendo una palabra.

—¡El vapor, señora! Es lo que más llama la atención de todo Sevilla en estos días.

—¿Y qué me importa? —dije bruscamente siguiendo mi camino.

—Dispénseme usted si la he ofendido —añadió el marqués siguiéndome—; pero como venía usted a pasear al río, y como yo tengo entrada libre siempre que quiero en esa prodigiosa máquina, creí que la complacería a usted apresurándome a mostrársela.

—¿Qué máquina es esa? —le pregunté deteniéndome.

Al decir esto había perdido de vista al imán de mi vida.

—Mire usted hacia allá junto a la Torre del Oro.

Miré, y en efecto vi un buque de forma extraña, con una gran chimenea que arrojaba negro y espeso humo. Sus palos eran pequeños y sobre el casco sobresalía una armazón bastante parecida a una balanza.

—¿Qué es eso? —pregunté al marqués.

—El vapor, una invención maravillosa, señora. Esos ingleses son el Demonio. Ya sabe usted que hay unas máquinas que llaman de vapor, porque se mueven por medio de cierto humo blanquecino que va enredando de tubo en tubo...

—Ya sé...

—Pues los ingleses han aplicado esta máquina a la navegación, y ahí tiene usted un barco con ruedas que corre más que el viento y contra el viento. Esto cambiará la faz del mundo. Yo lo he predicho y no me equivocaré.

Mirando hacia la máquina prodigiosa, vi a Salvador que se dirigía hacia la Torre del Oro. Veámoslo de cerca, señor marqués —dije marchando hacia allá—. Verdaderamente, ese barco con ruedas es una maravilla.

—Creo que ahora va a dar un par de vueltas por el río, para que lo vean Sus Altezas Reales que están, si no me engaño, en la Torre del Oro.

—Corramos.

—¡Va toda la gente hacia allá! Descuide usted, podremos entrar, si usted quiere. El capitán es muy amigo mío y los consignatarios son mis banqueros.

—¿De quién es esa máquina?

—De una sociedad inglesa. De veras hubiera sentido mucho no mostrársela a usted esta tarde. Cuando me acordé, faltábame tiempo para acudir a reparar mi grosería.

—Gracias, señor marqués.

Dejé de ver entonces la luz de mi vida. Mi corazón se llenó de angustia.

—Yo estaba seguro de agradar a usted —me dijo Falfán—. Es un asombro ese buque.

—Un asombro, sí: apresuremos el paso.

—Si no se nos ha de marchar.

—¡Que se nos pierde de vista, que se nos va! —exclamé yo sin saber lo que decía.

—Señora, si está anclado... Podemos verlo con toda calma.

Nos acercamos a la Torre del Oro, junto a la cual estaba la nave maravillosa. Tenía dos ruedas como las de un batán, resguardadas por grandes cajones de madera pintados de blanco, con chimenea negra y alta en cuyo centro estaba la máquina, toda grasienta y ahumada como una cocina de hierro, y el resto no ofrecía nada de particular. De sus entrañas negras salía una especie de aliento ardoroso y retumbante, cuyo vaho causaba vértigos. De repente daba unos silbidos tan fuertes que era preciso taparse los oídos. En verdad aquella máquina infundía miedo. Yo no lo tuve porque no podía fijar en ella resueltamente la atención.

—¿Se atreve usted a entrar? —me dijo el marqués.

Yo miré a todos lados y vi reaparecer a mi amor perdido, saliendo de entre la muchedumbre, como el Sol de entre las nubes.

—No señor, yo me mareo solo de ver un barco —respondí a Falfán—. Estoy satisfecha con admirar desde fuera esta hermosa invención, y le doy a usted las gracias.

Yo hubiera dado no sé qué porque el vapor echase a andar hacia la eternidad llevándose dentro al marqués de Falfán de los Godos.

—¡Oh! —exclamó él—, embarquémonos. Yo le garantizo a usted que no se marea. Daremos un paseo hasta Aznalfarache. Vea usted cuántas personas entran.

—Pues yo no me decido. Pero no se prive usted por mí del gusto de embarcarse. Adentro, señor mío. Yo me voy a mi casa.

—¡Ah!, no consiento yo que usted vaya sola a su casa —dijo con una galantería cruel que me asesinaba—. Yo la acompañaré.

—Gracias, gracias... No necesito compañía.

—Es que yo no puedo permitir...

De buena gana habría cogido al marqués por el pescuezo como se coge a un pollo destinado a la cazuela, y le hubiera estrangulado con mis propias manos; ¡tal era mi rabia!

—Al menos —añadió—, ya que lo hemos visto por la popa, vamos a verlo también por la proa.

Al decir esto el marqués dirigió sus miradas hacia la Maestranza, y sus ideas variaron de súbito.

—Vamos: por allí viene mi señora esposa —dijo señalando—. ¿La ve usted? Por último se ha atrevido a salir a paseo, aunque no está bien de salud.

Miré y vi a la marquesa de Falfán que venía con otra señora. También ellas, atraídas por la curiosidad, se dirigían hacia la Torre del Oro.

—Aguardemos aquí —me dijo el marqués sonriendo—. Veremos si pasa sin notar que estamos aquí.

Andrea y su amiga estaban ya cerca de nosotros, cuando Salvador pasó junto a ellas, se detuvo, las saludó y continuó andando a su lado. Nos reunimos los cinco.

—¿También tú vienes a ver el vapor? —exclamó Falfán riendo—. Ya te dije que era una maravilla. Y usted, señora doña María Antonia, ¿también viene a ver el vaporcito? Y usted Salvador no quiere ser menos. El que desee entrar que lo diga, y nos embarcaremos.

—¿Yo?... —dijo la marquesa después de saludarme—. Tengo miedo. Dicen que revienta la caldera cuando menos se piensa.

—¿De modo que eso tiene una caldera, como las fábricas de jabón? —preguntó doña María Antonia llevando a sus ojos el lente que usaba.

—¿Entran ustedes, sí o no? —dijo el marqués empeñado siempre en reclutar gente.

—Yo no entraré —repuso la marquesa con desdén—: me mareo solo de ver ese horrible aparato. Además, tengo que hacer.

—¿A dónde vas ahora? —preguntó Falfán de mal talante.

—A las tiendas de la calle de Francos. Ya sabes que necesito comprar varias cosillas.

—Pero si no has paseado aún...

—¿Que no? señora doña María Antonia, dice que no hemos paseado... Si hace más de hora y media que estamos aquí dando vueltas. Ya nos íbamos cuando te vimos, y volví atrás para rogarte que nos acompañes.

—¡Yo! —indicó el marqués con mucho disgusto—. Ya sabes que no me agrada ir a tiendas.

—Y a mí no me gusta ir sola.

—Doña María Antonia...

—Es señora, y para ir a las tiendas conviene la compañía de un caballero. Mira, hijito, no te apures por eso, Salvador nos acompañará.

—Con mil amores —dijo mi amigo inclinándose—. Tengo mucho honor en ello.

Cuando allí mismo no abofeteé a mi amante, a la marquesa, al marqués, a doña María Antonia y a mí misma, de seguro queda demostrado que soy una oveja por lo humilde.

—Sí, amigo Monsalud —manifestó Falfán—; acompáñelas usted, se lo suplico. Jenara y yo nos embarcaremos.

¡Se marcharon! ¡Ay!, no sé cómo lo escribo. Se marcharon sin que yo les estrangulase. Dentro de mí había un volcán mal sofocado por mi disimulo. El marqués me hablaba sin que yo pudiese responderle, porque estaba furiosamente absorta y embrutecida por el despecho que llenaba mi alma.

—Nos embarcaremos —me dijo Falfán relamiéndose como un gato a quien ponen plato de su gusto.

—¡Ah!, señor marqués —dije de improviso apoderándome de una idea feliz—. Ahora me acuerdo de una cosa... ¡qué memoria la mía!

—¿Qué, señora?

—Que yo también tengo que comprar algunas cosillas. ¿No es verdad, Mariana?

—¿De modo que va usted...?

—Sí señor, ahora mismo... Son cosas que necesito esta misma noche.

—¿Y hacia dónde piensa dirigirse usted?

—Hacia la calle de las Sierpes... O la de Francos. Son las únicas que conozco.

—Pues la acompañaré a usted.

Hizo señas a su cochero para que acercase el coche.

—Mi mujer —añadió—, se va a enfadar conmigo porque no quise acompañarla y la acompaño a usted.

No hice caso de sus cumplidos ni de sus excusas.

—Vamos, vamos pronto —dije subiendo al coche.

Este nos dejó en la plaza de San Francisco. Nos dirigimos a las tiendas, recorrimos varias calles; pero ¡ay!, estábamos dejados de la mano de Dios. No les encontramos; no les vimos por ninguna parte.

En mi cerebro se fijaba con letras de fuego esta horrible pregunta: «¿a dónde irían?»

Cuando el marqués me dejó en mi casa ya avanzada la noche, yo tenía calentura. Retireme a pensar y a recordar y a formar proyectos para el día siguiente; pero mi cerebro ardía como una lámpara; no pude dormir; hablaba a solas sin poder olvidar un solo momento el angustioso tema de mi vida en aquellos días. Por último, mis nervios se aplacaron un tanto, y me consolé pensando y hablando de este modo:

—¡Mañana, mañana no se me escapará!

XXVII

Al levantarme con la cabeza llena de brumas, pensé en la extraña ley de las casualidades que a veces gobiernan la vida. En aquella época creía yo aún en las casualidades, en la buena o mala suerte y en el destino, fuerzas misteriosas que ciegamente, según mi modo de ver, causaban nuestra felicidad o nuestra desgracia. Después han variado mucho mis ideas y tengo poca fe en el dogma de las casualidades.

Mi cerebro estaba aquella mañana, como he dicho, cargado de neblinas. Pero el día no podía haber amanecido más hermoso, y para ser 12 de junio en Andalucía, no era fuerte el calor. Sevilla sonreía convidando a las dulces pláticas amorosas, a las divagaciones de la imaginación y a exhalar con suspiros los aromas del alma que van desprendiéndose y saliendo, ya gimiendo ya cantando entre vagas sensaciones que son a la manera de una pena deliciosa.

Pero yo continuaba con mi idea fija y la contrariedad que me atormentaba. A ratos deteníame a analizar aquel singular estado mío y me asombraba de verme tan dominada por un vano capricho. Es verdad que yo le amaba; pero ¿no había sabido consolarme honradamente de su ausencia después de Benabarre? ¿Por qué en Sevilla ponía tanto empeño en tenerle a mi lado? ¿Acaso no podía vivir sin él? Meditando en esto, me creía muy capaz de prescindir de él en la totalidad de la vida; pero en aquel caso mi corazón había soltado prendas, habíase fatigado mucho, había, digámoslo así, adelantado imaginariamente gran parte de sus goces; de modo que padecía horriblemente al verse desairado. Aquel suplicio de Tántalo a que había estado sujeto, irritábale más, y ya se sabe que las ambiciones más ardientes son las del corazón, y que en él residen los caprichos y la terrible ley satánica que ordena desear más aquello que más resueltamente nos es negado. Así se explica la indecorosa persecución de un hombre en que yo, sin poder dominarme, estaba empeñada.

Ordené a Mariana que se preparase para salir conmigo. Mientras yo me peinaba y vestía, díjome que había oído hablar de la partida de Su Majestad aquel mismo día y que Sevilla estaba muy alborotada. Poco me interesaba este tema y le mandé callar; pero después me contó cosas muy desagradables. En la noche anterior y por la mañana, dos diputados residentes en la misma casa y que traían entre manos la conquista de mi criada, le habían hecho con respecto a mí, indicaciones maliciosas. Según me dijo, eran conocidas y comentadas mis relaciones con el secretario del duque del Parque. ¡Maldita sociedad! Nada en ella puede tenerse secreto. Es un Sol que todo lo alumbra, y en vano intenta el amor hallar bajo él un poco de sombra. A donde quiera que se esconda vendrá a buscarle la impertinente claridad del mundo, de modo que por mucho que os acurruquéis, a lo mejor os veis inundados por los rayos de la intrusa linterna que va buscando faltas. El único remedio contra esto es arrojar mucha, muchísima luz sobre las debilidades ajenas, para que las propias resulten ligeramente oscurecidas. No sé por qué desde que Mariana vino a mí con aquellos chismes me figuré que mi difamación procedía de los labios de la marquesa de Falfán.

—¡Ah, bribona! —dije para mí—, si yo hablara...

Las hablillas no me acobardaron. Siendo culpable, hice lo que corresponde a la inocencia: despreciar las murmuraciones.

Cuando manifesté a Mariana que pensaba ir a buscarle a su propia casa, hízome algunas observaciones que me desagradaron, sin que por ellas desistiera yo de mi propósito.

—¿No averiguaste ayer la casa donde vive?

—Sí señora, en la calle del Oeste. Pero usted no repara que en la misma casa viven también otras personas de Madrid que conocen a la señora...

Ninguna consideración me detenía. Escribí una carta para dejarla en la casa si no le encontraba, y salimos. Mariana conocía bien Sevilla, y pronto me llevó a la calle del Oeste, que está hacia la Alameda Vieja junto a la Inquisición. Salvador no estaba. Dejé mi carta, y corrimos a casa porque al punto sospeché que mientras yo le buscaba en su vivienda me buscaba él en la mía. Así me lo decía el corazón impaciente.

—Me aguardará de seguro —pensé—. Ahora, ahora sí que no se me escapa.

En mi casa no había nadie; pero sí una esquela. Salvador estuvo a visitarme durante mi ausencia, y no pudiendo esperar, a causa de sus muchas ocupaciones, dejome también una carta en que así lo manifestaba, añadiendo entre expresiones cariñosas que por la tarde a las cuatro en punto me aguardaba en la catedral. Después de indicar la conveniencia de no volver a mi casa, me suplicaba que no faltase a la cita en la gran basílica y en su hermoso patio de los naranjos. Tenía preparado un coche en la puerta de Jerez para irnos de paseo hacia Tablada.

—¡Gracias a Dios! —exclamé—. Esta tarde...

Tomando mis precauciones para que nadie me importunase y poder estar completamente libre en la hora de la cita, consagré algunas al descanso. Pero la ocasión no era la más a propósito, y a las tres ya estaba yo en la catedral. Era la hora del coro y los canónigos entraban uno tras otro por la puerta del Perdón. Algunos se detenían a echar un parrafito en el patio de los naranjos paseando junto al púlpito de San Vicente Ferrer.

Al verme dentro de la iglesia, la mayor que yo había visto, sentí una violenta invasión de ideas religiosas en mi espíritu. ¡Maravilloso efecto del arte que consigue lo que no es dado alcanzar a veces ni aun a la misma religión! Yo miraba aquel recinto grandioso que me parecía una representación del universo mundo. Aquel alto firmamento de piedra, así como las hacinadas palmas que lo sustentan y el eminente tabernáculo, que es cual una escala de santos que sube hasta Dios, dilataban mi alma haciéndola divagar por la esfera infinita. La suave oscuridad del templo hace que brillen más las ventanas, cuyas vidrieras parecen un fantástico muro de piedras preciosas. Las vagas manchas luminosas de azul y rosa que las ventanas arrojan sobre el suelo se me figuraban huellas de ángeles que habían huido al sentir nuestros pasos.

Mi mente se sentía abrumada de ideas. Senteme en un banco porque sentía la necesidad de meditar. Delante de mis pies, a manera de alfombra de luces, se extendía la transparencia de una ventana. Alzando los ojos veía las grandiosas bóvedas. Zumbaba en mis oídos el grave canto del coro, y a intervalos una chorretada de órgano, cuyas maravillosas armonías me hacían estremecer de emoción, poniendo mis nervios como alambres. A poca distancia de mí, a la izquierda, estaba la capilla de San Antonio toda llena de luces por ser 12 de junio, víspera del santo, y de hermosos búcaros con azucenas y rosas. Volviendo ligeramente la cabeza veía el cuadro de Murillo y su espléndido altar.

Yo pensaba en cosas religiosas; pero mi egoísmo las asociaba al amoroso afán que me poseía. Pensaba en la santidad de la unión sancionada por la Iglesia y de los lazos matrimoniales cuando son acertados. Consideraba lo feliz que hubiera sido yo no equivocándome como equivoqué, en la elección de marido. También pasó por mi mente, aunque con gran rapidez, el recuerdo de la infeliz joven a quien con mis engaños precipité en los azares de un viaje absurdo; pero esto duró poco y además me apresuré a sofocar tan triste memoria, dirigiendo el pensamiento a otra cosa.

La imagen que tan cerca estaba atrajo mi atención. Aquel santo tan bueno, tan humilde, tan buen compañero y amigo de los pobres es, según dicen, el abogado de los amores y de los objetos perdidos. Ocurriome rezarle y le recé con fervor de labios y aun de corazón, porque en aquel instante me sentía piadosa. No solo le pedí como enamorada, sino como quien busca y no encuentra cosas de gran valor; y mientras más le rezaba, más me sentía encendida en devoción y llena de esperanza. Concluí adquiriendo la seguridad de que mi afán se calmaría aquella misma tarde; y juzgando que mi entrada en la catedral a causa de la cita era obra providencial, mi alma se alivió, y aquella tensión dolorosa en que estaba fue cesando poco a poco.

¿Cómo no esperar si aquel santo era tan bueno, tan complaciente que mereció siempre el amor y la veneración de todos los enamorados? No pude estar allí todo el tiempo que habría deseado porque me causaba vértigo el olor de las azucenas y también porque la hora de la cita se acercaba.

Cuando salí al patio y en el momento de pasar bajo el cocodrilo que simboliza la prudencia, la alta campana de la Giralda dio las cuatro.

No habíamos llegado al púlpito de San Vicente Ferrer, cuando Mariana y yo nos miramos aterradas. Sentíamos un ruido semejante al de las olas del mar. Al mismo tiempo mucha gente entraba corriendo en el patio de los naranjos.

—¡Revolución, señora, revolución! —gritó Mariana temblando—. No salgamos.

La curiosidad, venciendo el miedo, me llevó con más presteza hacia la puerta. Vi regular gentío que llenaba todo el sitio llamado Gradas de la Catedral, y parecía extenderse por delante del palacio arzobispal y la Lonja hasta el Alcázar. Pero la actitud de la muchedumbre era pacífica y más parecía de curiosos que de alborotadores. Al punto comprendí que la salida de la Corte motivaba tal reunión de gente, y se calmaron mis súbitas inquietudes. Esperaba ver de un momento a otro a la persona por quien había ido a la catedral, y mis ojos la buscaron entre la multitud.

—Aguardaremos un poco —pensé dando un suspiro.

La muchedumbre se agitó de repente, murmurando. Por entre ella trataba de abrirse paso un regimiento de caballería que apareció por la calle de Génova. Entrad la mano en un vaso lleno de agua y esta se desbordará; introducid un regimiento de caballería en una calle llena de curiosos y veréis lo que pasa. Por la puerta del Perdón penetró un chorro que salpicaba dicharachos y apóstrofes andaluces contra la tropa, y tal era su ímpetu que los que allí estábamos tuvimos que retroceder hasta el centro del patio. Entonces un sacristán y un hombre forzudo y corpulento de esos que desempeñan en toda iglesia las bajas funciones del trasporte de altares, facistoles o bancos, o las altísimas de tocar las campanas y recorrer el tejado cuando hay goteras, se acercaron a la puerta y después de arrojar fuera toda la gente que pudieron, cerraron con estruendo las pesadas maderas. Corrí a protestar contra un encierro que me parecía muy importuno; mas el sacristán alzando el dedo, arqueando las cejas y ahuecando la voz como si estuviera en el púlpito, dijo lacónicamente:

—De orden del señor Deán.

XXVIII

Mucho me irritó la orden del señor Deán, que sin duda no esperaba a una persona amada, y entré en la iglesia consolándome de aquel percance con la idea de que en edificio tan vasto no faltarían puertas por donde salir. Pasamos al otro lado; pero en la puerta que da a la plaza de la Lonja, otro ratón de iglesia me salió al encuentro después de echar los pesados cerrojos, y también me dijo:

—De orden del señor Deán.

—¡Malditos sean todos los deanes! —exclamé para mí, dirigiéndome a la puerta que da a la fachada. Allí, un viejo con gafas, sotana y sobrepelliz, se restregaba las manos gruñendo estas palabras:

—Ahora, ahora va a ser ella. Señores liberales, nos veremos las caras.

Yo fui derecha a levantar el picaporte; pero también aquella puerta estaba cerrada y el sacristán viejo al ver mi cólera que no podía contener, alzó los hombros disculpándose con la orden de la primera autoridad capitular. El de las gafas añadió:

—Hasta que no pase la gresca no se abrirán las puertas.

—¿Qué gresca?

—La que han armado con la salida del Rey loco. Mi opinión, señora, es que ahora va a ser ella, porque hay un complot que no lo saben más de cuatro.

Volvió a restregarse las manos fuertemente, guiñando un ojo.

—¿Y a qué hora sale Su Majestad?

—A las seis, según dicen; pero antes ha de correr la sangre por las calles de Sevilla como cuando la inundación de hace veinte años, la cual fue tan atroz, señora, que por poco fondean los barcos dentro de la catedral.

—¡De modo que estaré encerrada aquí hasta las seis! —exclamé llena de furor—. Esto no se puede sufrir, es un abuso, un escándalo. Me quejaré a las autoridades, al Rey.

—El Rey está loco —dijo el viejo con horrible ironía.

—Al Gobierno; me quejaré al arzobispo. O me dejan salir o gritaré dentro de la iglesia, reclamando mi derecho.

Discurrí con agitación indecible por la iglesia, nave arriba, nave abajo, saliendo de una capilla y entrando en otra, pasando del patio al templo y del templo al patio. Miraba a los negros muros buscando un resquicio por donde evadirme, y enfurecida contra el autor de orden tan inicua, me preguntaba para qué existían deanes en el mundo.

Los canónigos dejaban el coro y se reunían en su camarín, marchando de dos en dos o de tres en tres, charlando sobre los graves sucesos. Los sochantres y el fagotista se dirigían piporro en mano a la capilla de música, y los inocentes y graciosos niños de coro, al ser puestos en libertad iban saltando, con gorjeos y risas, a jugar a la sombra de los naranjos.

Varias veces en las repetidas vueltas que di por toda la iglesia, pasé por la capilla de San Antonio. Sin que pueda decir que me dominaban sentimientos de irreverencia, ello es que mi compungida devoción al santo había desaparecido. No le miré con aversión, pero sí con cierto enojo respetuoso, y en mi interior le decía:

—¿Es esto lo que yo tenía derecho a esperar? ¿Qué modo de tratar a los fieles es este?

Mi egoísmo había llegado al horrible extremo de pedir cuenta a la Divinidad de los desaires que me hacía. Irritábame contra el Cielo porque no satisfacía mis caprichos.

Pero, ¡maldita hora!, quien a mí me irritaba verdaderamente era el Deán tirano que mandaba encerrar a la gente porque se le antojaba. Desde que le vi salir del coro en compañía del Arcediano, moviéndose muy lentamente a causa del peso de su descomunal panza, le tuve por un realistón furibundo, sin que por esto me fuese menos antipático. ¿Por qué habían cerrado las puertas? Por poner el sagrado recinto a salvo de una invasión plebeya, e impedir que el bullicio de los vivas y mueras turbase la santa paz de la casa de Dios. A pesar de su celo no pudo el señor Deán conseguirlo, y desde el patio oíamos claramente los gritos de la muchedumbre y el paso de la caballería. La Giralda cantó las cinco, cantó las seis, y aquella deplorable situación no cambiaba ni las puertas se abrían, ni se desvanecía el rumor del pueblo. Yo creo que si aquello se prolonga demasiado, me atrevo a decir dos palabras al buen canónigo encerrador. Por fin no era yo sola la impaciente: otras muchas personas, encerradas como yo, se quejaban igualmente, y todos nos dirigíamos en alarmante grupo al sacristán; pero sin conseguir nada.

—Cuando Su Majestad haya salido de Sevilla —nos respondía—, o se arma la de San Quintín, o todo quedará tranquilo.

Por fin, después de las siete, la puerta del Perdón se abrió y vimos las Gradas y la gente que iba y venía sin tumulto. Yo me arrojé a la calle como se arrojaría en el agua aquel cuyos vestidos ardieran. Miraba a un lado y otro; me comía con los ojos a cuantos pasaban; caminé apresuradamente hacia la Lonja y hasta el Alcázar; mi cabeza se movía sin cesar, dirigiendo la vista a todo semblante humano. ¡Afán inútil!... Yo buscaba y rebuscaba, y mi hombre no aparecía en ninguna parte... Ya se ve... ¡Las siete de la tarde! Se cansaría de aguardarme... tendría que hacer...

Volví de nuevo a la catedral, recorríla toda, salí, di la vuelta por la Lonja; pero ¡ay!, si diera la vuelta a toda la tierra, creo que tampoco le encontrara; ¡tal era la horrible insistencia de mi desgracia! Y sin embargo, hasta en las baldosas del piso, en el aire y en el sonido, hallaba no sé qué indicio misterioso de que él me había aguardado allí largas horas. Esto era para morir.

Después de mucho correr, senteme en un banco de piedra junto a la Lonja. Tanto me enfadaba la gente que veía regresar del Alcázar y de la puerta de San Fernando, que si las llamas de furor que abrasaban mi pecho fueran materiales, de buena gana hubiera vomitado fuego sobre los que pasaban ante mí. Venían de ver partir al Rey loco. Muchos se lamentaban de que se tratase de tal suerte al Soberano de Castilla. ¡Menguados!, ¿por qué no tomaban las armas? Sí, ¿por qué no las tomaban? Me habría gustado ver a todos los habitantes de Sevilla destrozándose unos a otros.

La Giralda cantó otra hora, no sé cuál, y entonces me decidí a tomar nueva resolución.

—Vamos a su casa —dije a Mariana.

—Es de noche, señora —repuso.

La infeliz no quería alejarse mucho de la casa. Pero no le contesté y nos pusimos en camino para la calle del Oeste.

—¿Y si no está? —indicó mi criada—. Porque es muy posible que con estas cosas...

—¿Qué cosas?

—Estas revoluciones, señora.

—Si no hay nada.

—Pues... Como se han llevado al Rey después de volverle loco... En el patio de la catedral decía uno que tendremos revolución mañana, cuando se marche el Gobierno; porque el Gobierno se marchará.

—Déjalo ir: no nos hace falta. Date prisa.

—Pues yo creo que nos llevaremos otro chasco.

—Si no está en su casa le esperaré.

—¿Y si no vuelve hasta muy tarde?

—¡Hasta muy tarde le esperaré!

—¿Y si no vuelve hasta mañana?

—Hasta mañana le esperaré. No me muevo de su casa hasta que le vea. Ahora, ahora sí que no se me escapa, ¿concibes tú que se me pueda escapar?

XXIX

Al decir esto, mi corazón, oprimido por tantos desengaños, se ensanchaba llenándose otra vez de esperanza, de ese don del cielo que jamás se agota y que a nadie puede faltar.

—Pues no veo yo muy tranquila esta noche la ciudad de Sevilla —indicó Mariana—. Si, como dicen, se ha marchado toda la tropa, puede que nos despertemos mañana en un charco de sangre.

Echeme a reír, burlándome de sus ridículos temores, y seguimos avanzando con bastante presteza hacia la calle del Oeste. Detúveme antes de llamar en su casa, para que un breve descanso disimulara mi sofocación y se amortiguasen las llamaradas de mis mejillas.

—Sentémonos —dije a Mariana—, al amparo de este árbol. Ahora no hay gran prisa. Ya le tengo cogido. Estoy tranquila. Él ha de venir a su casa. Ahora, ahora sí que le tengo en mi mano.

Cuando llamamos en la reja que daba entrada al patio, una mujer nos dijo que el señor Monsalud no estaba en casa.

—Pues tengo que hablarle precisamente esta noche y le esperaré —dije resueltamente.

Yo no reparaba en conveniencia alguna social. En el estado de mi espíritu, nada tenía fuerza para contenerme. Importábame ya muy poco que me vieran, que me conocieran, que me señalasen con el dedo, ni que el vulgo suspicaz y murmurador me hiciera objeto de burlas y comentarios deshonrosos.

Al principio vacilaba en dejarme entrar la mujer que me abrió la puerta; pero tanto insté y con tan arrogante autoridad me expresaba, que al fin me llevó a una sala baja. Allí estaba un viejecillo, que a la débil claridad de un velón de cobre, arreglaba baúles y cajas, poniendo en ellos libros, ropa y papeles. Era un tal Bartolomé Canencia. Él no debía de conocerme; pero se apresuró a saludarme con extremadas urbanidades. Cual si comprendiera las ansias que yo padecía aquella noche, me dijo:

—No está en casa, ni puedo asegurar que venga pronto; pero sí que vendrá. Necesitamos arreglar todo para nuestra partida.

¿Cuándo?

—Mañana. Nos vamos con el Gobierno. ¿Quién se atreverá a quedarse aquí después que marchen los ministros? Esto es un volcán realista. En cuanto desaparezca el Gobierno que obstruye el cráter, se agitará con fuego y vapores vomitando horrores. ¡Pobre Sevilla!, no ha querido oír mis consejos, los consejos de la experiencia, señora, y hela aquí en poder del realismo más brutal. Este pueblo, tan célebre por su riqueza y por su gracia como por sus procesiones, está infestado de curas; y aquí los curas son ricos. No hay más que decir.

Yo me fastidiaba esta conversación, y así con la mayor habilidad la desvié de la política haciéndola recaer sobre mi objeto. Canencia contestó a mis preguntas de una manera categórica.

—Esta tarde salimos juntos —me dijo—. Él se quedó en las Gradas de la Catedral, donde tenía una cita, y yo seguí hacia el Alcázar para asistir a la salida de Su Majestad... Luego nos encontramos de nuevo a eso de las siete; parecía disgustado, sin duda porque la cita no pudo verificarse. Entramos en casa y después él salió para ver a Calatrava. Díjome que volvería a arreglar su equipaje, y aquí me tiene usted arreglando el mío, señora, para lo que se le ofrezca mandar. De modo que si usted desea algo en Cádiz, puede dar sus órdenes con toda franqueza.

—Yo también pienso ir a Cádiz —repuse.

—¡Usted también! Bueno es que vayan todos —dijo con ironía maliciosa—, para que se haga con toda solemnidad el entierro de la Constitución. Allí nació, señora, y allí le pondremos la mortaja; que todo lo que nace ha de perecer... Si se hubieran seguido mis consejos, señora...; pero los hombres se han dejado enloquecer por la ambición y la vanidad. Ya no existen aquellos repúblicos austeros, aquellos filósofos incorruptibles, aquellos sectarios de la honradez más estricta y de la sabiduría ateniense, hombres que con un pedazo de pan, un vaso de agua y un buen libro se pasaban la mayor parte de la vida. Ahora todo es comer a dos carrillos, pedir destinos, figurar... En una palabra, señora, ya no hay virtudes cívicas.

—¿Y es seguro que el Gobierno marcha mañana? —le pregunte para desviarle de su fastidiosa disertación.

—Segurísimo. No puede ser de otra manera.

—¿Por tierra?

—Por agua, señora. Los ministros y diputados marchan en el vapor.

—¿Y usted y Salvador van también en el vapor?

—Iremos donde podamos, señora, aunque sea en globo por los aires.

Él siguió arreglando sus maletas y yo me abrumé en mis pensamientos. En la sala había un reloj de *cucú* con su impertinente pájaro, de esos que asoman al dar la hora y nos hacen tantas cortesías como campanadas tiene aquella. Nunca he visto un animalejo que más me enfadase, y cada vez que aparecía y me saludaba mirándome con sus ojillos negros y cantando el cucú, sentía ganas de retorcerle el pescuezo para que no me hiciera más cortesías. El pájaro cantó las nueve y las diez y las once, y con su insolente movimiento y su desagradable sonido parecía decirme: —¿Qué tal, señora, se aburre usted mucho?

Todo el que ha esperado comprenderá mi agonía. Aquel resbalar del tiempo, aquella veloz corrida de los minutos que pasan de nuestra frente a nuestra espalda, amontonándose atrás el tiempo que estaba delante, es para enloquecer a cualquiera. Cuando no hay un reloj que lleve la cuenta exacta de la cantidad de esperanza que se desvanece y de la paciencia que se gasta grano a grano, menos mal; pero cuando hay reloj y este reloj tiene un pájaro que hace reverencias cada sesenta minutos y dice *cucú*, no hay espíritu bastante fuerte para sobreponerse a la pena. Ya cerca de las doce me decía yo: «¿Si no vendrá?»

Habiendo manifestado mis dudas al viejo Canencia que parecía algo molesto por la duración de mi visita, me dijo:

—Puede que venga y puede que no venga. Seguramente estará ahora en el café del Turco o en casa del duque del Parque. Ya es medianoche. Dentro de unas cuantas horas será de día y... ¡en marcha todo el mundo para Cádiz!

Mariana bostezaba, siendo imitada por Canencia. Yo me sostenía intrépida, sin sueño ni cansancio, resuelta a estar un año en aquel sitio, si un año tardaba en venir mi hombre.

—De todas maneras —dije a Canencia—, si se marcha mañana, ha de venir a arreglar su equipaje.

—Es muy posible, señora —me contestó secamente—. En caso de que quiera usted retirarse, puede con toda confianza dejar el recado verbal que guste. Yo se lo trasmitiré puntualmente y con la fidelidad de un verdadero amigo.

—Gracias.

—Le diré que ha estado aquí... Aunque usted no me ha dicho su nombre, yo creo conocer a la persona con quien tengo el honor de hablar, por haberla visto en Madrid algunas veces... ¿No es usted la señora marquesa de Falfán?

Esta pregunta me hizo estremecer en mi interior, como si un rayo pasara por mí. Pero dominándome con soberano esfuerzo, repuse gravemente y con afectada vergüenza:

—Sí señor, soy la marquesa de Falfán. Fiada en la discreción de usted, me he aventurado a esperar aquí en hora tan impropia.

—Señora, yo soy un sepulcro, y además un amigo fiel de ese excelente joven, y como le debo muchos beneficios, a la amistad se une la gratitud. Puede usted con toda libertad confiarme lo que quiera. Es muy posible que él no pueda verla a usted esta noche. Estará muy ocupado y sin duda el viaje de mañana trastorna sus planes, porque, si no recuerdo mal, hoy me dijo que pensaba despedirse de usted, por la noche, en casa de doña María Antonia.

Al oír esto me quedé como mármol y enseguida me llené de ascuas. Desplegué los labios para preguntar: «¿dónde vive esa doña María Antonia?»

pero me contuve a tiempo comprendiendo la gran torpeza que iba a cometer. Evocando toda mi destreza de cómica, dije:

—Así pensábamos; pero no ha podido ser.

El infame pájaro se asomó a su nicho y burlándose de mí cantó la una. Yo me ahogaba, porque a mis primeras fatigas se unía desde que habló aquel hombre, la inmensa sofocación de un despecho volcánico de los celos que me mataban. En mi cerebro se encajaba una corona de brasas resplandecientes y mi corazón chorreaba sangre, herido por mil púas venenosas. Mi afán, mi deseo más vivo era morder a alguien.

Esperé más. Canencia seguía bostezando y Mariana dormitaba. Yo sentía en mis oídos un zumbido extraño, el zumbido del silencio nocturno que es como un eco de mares lejanos, y deshaciéndome esperaba. Habría dado mi vida entera por verle entrar, por poder hablarle a solas un momento, arrojando sobre él las palabras, la furia, la hiel que se desbordaban en mí. A ratos balbucía terribles injurias que siendo tan infames, a mí me parecían rosas.

El vil pajarraco volvió a chancearse conmigo y haciendo la reverencia más pronunciada y el canto más fuerte, anunció las dos.

—¡Las dos!... ¡pronto será de día! —exclamé.

—Fijamente no viene ya, señora. Es que se embarca con los diputados —dijo Canencia dando a entender con sus bostezos que de buena gana dormiría un rato.

—¿Y a qué hora se embarcan los diputados?

—Al rayar el día: así se dijo anoche en el salón del Congreso, cuando se levantó la sesión que ha durado treinta y tres horas.

Estuve largo rato dudando lo que debía hacer. Delante de mi pensamiento daba vueltas un círculo de fuego que alternativamente, en su lenta rotación, mostrábame dos preguntas; primera: *¿Y si viene después que yo me vaya?* Segunda: *¿Y si se embarca en el muelle mientras yo estoy aquí?*

Yo veía pasar una pregunta, después otra. La segunda sustituía a la primera y la primera a la segunda en órbita infinita. Ambas tenían igual claridad, ambas me deslumbraban y me enloquecían de la misma manera. Yo, que por lo general me decido pronto, entonces dudaba. Cuando la voluntad se iba inclinando de un lado el pensamiento llamábame del otro, y así contrabalanceados los dos, ponían a mi alma en estado de terrible ansiedad. Largo rato permanecí en esta dolorosa incertidumbre. Los minutos volaban, y acercándose aquel en que era preciso resolver definitivamente, el silencio mismo llegó a impresionar mi cerebro como un bramido intolerable, formado por mil voces. Oía el latir de mi corazón como se oye un secreto que nos dicen al oído; mi sangre ardía, y por fin, aquella misma palpitación de mi alborotado seno fue como una voz que hablaba diciéndome: «anda, anda.»

El pájaro, riendo como un demonio burlón, me saludó tres veces con su cortesía y su infernal *cucú*. Eran las tres.

—Va a ser de día —dijo Canencia, dejando caer sobre el pecho su cabeza venerable.

Levanteme. Estaba decidida. Pareciome que don Bartolomé, al verme dispuesta a partir, vio el cielo abierto. Despedime de él bruscamente y salimos.

—¿A dónde vamos, señora? —me dijo Mariana—. ¿No es hora de retirarnos ya a descansar?

—Todavía no.

—¡Señora, señora, por Dios!... Está amaneciendo. No hemos cenado, no hemos dormido...

—Calla, imbécil —le dije clavando mis dedos en su brazo—. ¡Calla, o te ahogo!

XXX

Amanecía, y multitud de hombres de mal aspecto vagaban por la calle. Veíanse gitanos desarrapados, y muchos guapos de la Macarena y de Triana. Mi criada tuvo miedo; pero yo no. Repetidas veces nos vimos obligadas a variar de rumbo para evitar el encuentro de algunos grupos en que se oía el ronco estruendo de *¡vivan las caenas!, ¡muera la nación!*

Llegamos por fin al río. Ya el día había aclarado bastante, y desde la puerta de Triana vimos la chimenea del vapor que despedía humo.

—Si esos barcos de nueva invención humean al andar —dije—, el vapor se marcha ya.

Desde la puerta de Triana a la Torre del Oro se extendía un cordón de soldados de artillería. En la puerta de Jerez había cañones. Nada de esto me arredraba, porque mi exaltación me infundía grandes alientos, y hablando al oficial de artillería logré pasar hasta la orilla, donde algunas tablas sostenidas sobre pilotes servían de muelle. El vapor bufaba como animal impaciente que quiere romper sus ligaduras y huir. Multitud de personas se dirigían al embarcadero. Reconocí a Canga-Argüelles, a Calatrava, a Beltrán de Lis, a Salvato, a Galiano y a otros muchos que no eran diputados.

—Él se irá también —pensé—. Vendrá aquí de seguro... Pero no, no creo que se me pueda escapar.

Una idea grandiosa cruzó por mi mente, una de esas ideas napoleónicas que yo tengo en momentos de gravedad suma. Ocurriome embarcarme también en el vapor, si le veía partir. No tenía equipaje; ¿pero qué me importaba? Mariana se quedaría para llevarlo después.

Acerqueme a Calatrava, que se asombró mucho de verme.

—Quiero un puesto en el vapor —le dije.

—¿También usted se marcha...? ¿De modo que...?

—Temo ser perseguida. Estoy muerta de miedo desde ayer. Me han amenazado con anónimos atroces.

—¿Ha preparado usted su equipaje?

—He preparado lo más preciso: el viaje es corto. Mi criada se queda para arreglar lo que dejo aquí.

—También nosotros dejamos nuestros equipajes porque no caben en el vapor. Irán en aquella goleta.

—¿Me hace usted un sitio, sí o no?

—¿Un sitio? Sí señora. Dejando el equipaje... El Gobierno ha fletado el buque. Puede usted venir.

Esto se llama proceder pronto y con energía... Pero observé a todos los que llegaban, y no le vi. A cada instante creía verle aparecer.

—No puede tardar —dije, después que di mis órdenes a Mariana—. Ahora sí que es mío.

Mariana hacía objeciones muy juiciosas; pero yo a nada atendía. Estaba ciega, loca.

—¿Y si no se embarca? —me dijo mi criada—. Todavía no ha venido...

—Pero ha de venir... A ver si está por ahí el duque del Parque.

Miramos las dos en todos los grupos y no vimos al duque.

—¿El señor duque del Parque no va a Cádiz? —pregunté a Salvato.

—El señor duque no se ha atrevido a votar el destronamiento.

—¿Y qué?

—Que los que no votaron no se creen en peligro y seguirán en Sevilla.

—De modo que Su Excelencia...

—No tengo noticia de que se embarque con nosotros.

—Venga usted —me dijo Calatrava alargándome la mano para llevarme a la cubierta del buque.

—Entre usted, amigo, entre usted, que aún tengo que decir algo a mi criada.

—Parece que vacila usted...

—En efecto... Sí... No estoy decidida aún.

No, no podía entrar en aquel horrible bajel que iba a partir, silbando y espumarajeando, sin llevar al que turbaba mi vida. Yo les vi entrar uno tras otro, les conté; ni uno solo escapó a mi observación, y ¡él no estaba! ¡Siempre ausente, siempre lejos de mí, siempre en dirección diametralmente opuesta a la dirección de mis ideas y de mi apasionada voluntad! Esto era para enloquecer completamente, y digo completamente, porque yo estaba ya bastante loca. Mi desvarío insensato aumentaba como la fiebre galopante del enfermo solicitado por la muerte.

Se embarcaron ¡ay!, vi al horrendo vapor separarse del muelle, vi moverse las paletas de sus ruedas, machacando y rizando el agua, le oí silbar y mugir echando humo, hasta que emprendió su marcha majestuosa río abajo.

No yendo él, no podía causarme aflicción quedarme en tierra. Él estaba también en Sevilla.

—Ahora —dije—, ahora no es posible que le pierda otra vez. Si tengo actividad e ingenio, pronto saldré de esta angustiosa situación.

No quise detenerme como el vulgo que se extasiaba contemplando el humo del vapor que conducía hacia el postrer rincón de España el último resto del liberalismo. Como aquel humo en los aires, así se desvanecía en el tiempo la Constitución... Pero en mi mente no podían fijarse ni por un instante estas ideas.

Me era forzoso pensar en otras cosas y en la realidad de mi ya insoportable desdicha. ¿A dónde debía ir? En los primeros momentos después del embarque no pude determinarlo, y vagué breve rato por la ribera, hasta que me obligaron a huir los excesos de la salvaje muchedumbre, que se precipitó sobre los equipajes de los diputados, apoderándose de ellos y saqueándolos en presencia de la poca tropa que había quedado en el muelle.

Al mismo tiempo sentí el clamor de las campanas echadas a vuelo en señal de que Sevilla había dejado de pertenecer al Gobierno constitucional, y en cuerpo y alma pertenecía ya al absolutismo. ¡Cambio tan rápido como espantoso! El pronunciamiento se hizo entre berridos salvajes, en medio del saqueo y del escándalo, al grito de *¡muera la Nación!* La verdad es que los alborotadores hacían poco daño a las personas; pero sí robaban cuanto podían. Al entrar por la puerta de Jerez, procuré apartarme lo más posible de la turbulenta oleada que marchaba hacia el corazón de Sevilla, con objeto, según oí, de destrozar el salón de sesiones y el café del Turco, donde se reunían los patriotas.

Lejos de desmayar yo con las muchas contrariedades, el insomnio y el continuo movimiento, parecía que la misma fatiga me daba prodigiosos alientos. No sentía el más ligero cansancio, y mi cerebro, como una llama cada vez más viva, hallábase en ese maravilloso estado de actividad que es para los poetas, para los criminales y para los que se ven en peligro la rápida inspiración del momento. Yo sentía en mí un estro grandioso, avivado por mis contrariadas pasiones, mi rencor y mi despecho. Tenía la penetrante vista del genio y había llegado a ese momento sublime en que los más profundos secretos de nuestro destino se nos muestran con claridad espantosa. Mi pensamiento, como la aguja magnética de una brújula, señalaba con insistencia la casa del marqués de Falfán.

—¡Oh, allí, allí... he de encontrar la solución de este horrible problema!

XXXI

Y corriendo hacia la casa, soñaba no ya con las delicias de un encuentro feliz y de una amable reconciliación, sino con proporcionar a mi alma el inefable, el celestial, el infinito regocijo de un escándalo, de una escena, de una de esas venganzas de mujer que son la *Ilíada* del corazón femenino. No sé si me equivocaré juzgando por mí de todas las mujeres; pero pienso firmemente que ninguna, por muy tímida que sea, deja de sentir en momentos dados, y cuando se discuten asuntos del corazón, el poderoso instinto de la majeza. La maja, digan lo que quieran, no es más que lo femenino puro. De mí puedo asegurar que en aquel instante me sentía verdulera.

—Tengo la seguridad —decía—, de que le encontraré allí. El corazón me lo dice... Es precisamente lo que necesito; es la satisfacción más preciosa y agradable de mi inmenso afán, el desahogo de mi pecho, semejante a un volcán sin cráter, el consuelo de todas mis penas. Hablaré, gritaré, vomitaré injurias, ¿qué digo injurias?, verdades. Diré todo lo que sé; abriré los ojos de un marido crédulo y bonachón; arrancaré la máscara a una hipócrita; confundiré a un ingrato... En suma, estaré en mi elemento... ¡¡Ahora, Santo Dios de las venganzas, ahora sí que no se me puede escapar!!

Al dirigirme a la plaza de la Magdalena, donde vivía el marqués, vi a dos o tres patriotas que eran llevados presos por el pueblo con una cuerda al cuello. ¡Pobre gente! Entre ellos vi a Canencia, que me dirigió al pasar una mirada suplicante; pero no hice caso y seguí. Casi arrastrando a Mariana que apenas podía seguirme de puro cansada y soñolienta, llegué a casa de Falfán.

En el patio encontré al marqués, que al punto que me vio asombrose mucho de la alteración de mi semblante, creyendo que ocurría algún grave accidente.

—Señora —me dijo ofreciéndome una silla—, no extraño que esa gente mal educada... Se están cometiendo toda clase de excesos en la desgraciada Sevilla.

—No es eso, no —repuse—. Si no me ha pasado nada.

—Señora, su rostro de usted me indica gran desasosiego y agitación.

—Es verdad —dije—, pero...

—Está usted muy intranquila.

—Intranquila no, estoy furiosa.

Después de decir esto y de romper en seis pedazos mi abanico, que ya lo estaba en cuatro, procuré tomar una actitud aparentemente serena, pues el caso requería en mí la grave majestad del que condena, no la atolondrada cólera y pueril turbación del condenado.

—¿Y por qué está usted furiosa? —me preguntó el marqués, confundido—. ¿En qué puedo servir a usted?

—¡Yo sé que está aquí!!... —dije mirando al marqués de un modo que le aterró.

—¿Quién?

—¡Oh!, ¿quién?... Será preciso que yo hable, que lo diga todo...

—Señora, no comprendo una palabra.

—Llame usted a la señora marquesa, y quizás ella me comprenda —repuse con amargo sarcasmo.

—Andrea no está en casa.

Al oír esto sentí un sacudimiento. Nuevo y más doloroso cambio en mis ideas, en mi voluntad, en mi cólera, en mis planes; nuevo movimiento de la aguja magnética que brujuleaba en mi corazón, marcándome el derrotero en medio de la tempestad... El marqués no podía tener interés en negarme a su esposa. Así lo comprendí al momento, y sin vacilar un instante, dije:

—¿Ha ido a la casa de doña María Antonia?

—Precisamente, allí está —manifestó Falfán en tono de confianza honrada y tranquila que hubiera cautivado a otra persona más irritada que yo—. La señora doña María Antonia se puso anoche mala y mi esposa fue a acompañarla un ratito. A las diez estaba de vuelta.

—¿A las diez?

—Pero sin duda la señora doña María Antonia se ha agravado hoy, porque al rayar el día vinieron a buscar a Andrea y allá está. ¿Encuentra usted en esto algo de extraño?

—No señor, nada —dije levantándome—. ¿Y dónde vive esa doña Antonia?

—En la calle que sale a la puerta de Carmona, número 26. ¿Pero se va usted sin explicarme el motivo de su visita, su agitación...?

—Sí señor, me voy.

—Pero...

—Adiós, señor marqués.

Quiso detenerme; pero rápida como un pájaro fugitivo, le dejé y salí de la casa.

—A la calle que sale a la puerta de Carmona, número 26 —dije a Mariana que me seguía durmiendo.

—Ahora —decía para mí, en el horroroso vértigo que formaban mis pensamientos y mi marcha—, ahora sí que de ningún modo se me puede escapar.

142

Yo saboreaba de antemano las horribles delicias del escándalo que iba a dar, de la venganza que tomaría, de las palabras que saldrían de mi boca, como el humo y la lava de un volcán en erupción. Me deleitaba con aquella copa de amarguras que se convertía en copa llena de delicioso licor de la venganza. Había llegado al extremo de recrearme en el veneno de mi alma y de hallar delicioso el fuego que respiraba. Seguía teniendo las mismas ganas de morder a alguien, y creo que mi linda boca tan codiciada, habría sido un áspid, si en carne humana hubiera posado sus secos labios.

Mariana, que conocía a Sevilla, me llevó hacia la puerta de Carmona, yo no sé por dónde ni en cuánto tiempo. Había yo perdido la noción de la distancia y del tiempo. Vi una calle larga y solitaria, con muchas rejas verdes llenas de tiestos de albahaca. Vi una fila de casas de fachada blanca iluminadas por el Sol y otra línea de casas en la sombra. Yo buscaba el número 26, cuando sentí pisadas de caballos. Delante de mí, como a cuarenta pasos, abriose una gran puerta y salieron tres hombres a caballo. ¡Era él!

Corrí, corrí... Iba vestido con el traje popular andaluz, y su figura era la más hermosa que puede imaginarse. Los otros dos vestían lo mismo. Caracolearon un instante los corceles delante de la casa, y enseguida emprendieron precipitadamente la carrera en dirección a la puerta de Carmona.

Yo corría, corría, y al mismo tiempo gritaba. Mariana, que no había perdido el juicio, me detuvo enlazando con sus dos brazos mi talle. Mi furor estalló con un grito salvaje, con una convulsión horrible y este apóstrofe inexplicable: —¡Ladrones! ¡Ladrones!

En el mismo momento en que yo rugía de este modo, dos mujeres se asomaban a la ventana de la casa y saludaban a los jinetes con sus abanicos. Él miró repetidas veces hacia atrás y saludaba también sonriendo. Vi brillar el lente de doña María Antonia, vi los negros ojos de Andrea... ¡Oh Satanás, Satanás!

Yo seguí hasta ponerme debajo de la ventana; pero esta se cerró. Seguí corriendo un poco más. Un grupo de hombres feroces apareció por una boca-calle. Su aspecto infundía pavor; pero yo me adelanté hacia ellos y señalando a los tres jinetes que huían a escape fuera de la puerta entre nubes de polvo, grité con toda la fuerza de mis pulmones:

—¡Que se escapan!... Corred... Corred tras ellos... ¡Que se escapan!... los patriotas, los más malos de todos, los ateos, blasfemos, los republicanos, los masones, los regicidas, los enemigos del Rey... ¡los que querían matarle...! Corred y cogedles... Yo tengo dinero... Mil duros al que les coja... ¡En nombre de la religión!... ¡En nombre de las caenas!... Vamos, vamos tras ellos... ¡Que se escapan!

A medida que hablaba, iba desapareciendo en mi espíritu la noción de lo externo, y me sentía envuelta en tinieblas o en llamas, no sé en qué; me sentía caer en un hondo infierno lleno de demonios; sumergirme en abismo de negro delirio, de fiebre, de sueño o muerte; pues no puedo expresar bien lo que era aquello.

Perdí el conocimiento.

XXXII

Mi dolorosa enfermedad que me puso al borde del sepulcro duró cuarenta días, de los cuales no sé cuántos pasé en terrible crisis, sin conciencia de las cosas, atormentada por la fiebre. Mi sangre enardecida había descompuesto en tales términos las funciones de mi cerebro, que en aquellos angustiosos días no vivía con mi vida propia, sino con el mismo fuego mortífero de la enfermedad. Asistiome uno de los primeros médicos de Sevilla.

Cuando salí del peligro y hubo esperanzas de que aún podría seguir mi persona fatigando al mundo con su peso, halleme en tristísimo estado, sin memoria, sin fuerzas, sin belleza. Mas empecé a recobrar muy lentamente estos tesoros perdidos, y con ellos volvían mis pasiones y mis rencores a aposentarse en mi seno, como después de una inundación, y cuando las aguas se retiran, aparece lentamente la tierra, dibujándose primero los altos collados, luego las suaves pendientes y por último el llano. Así, pasada aquella avenida de sangre que envolvió mi pensamiento en turbias olas venenosas, fue apareciendo poco a poco todo lo existente antes del 13 de junio.

Una imagen descollaba sobre todas las que me perseguían, cuando mi fantasía, como un borracho que recobra la claridad de sus sentidos, empezó a presentarme lo pasado. Esta imagen era la de la huérfana, a quien supuse corriendo sin cesar por campos y ciudades, buscando lo que no había de encontrar. ¿Acaso el tormento de ella no era tan grande o quizás mayor que el mío? Pero yo no me hacía cargo de esto, y lejos de sentir lástima de mi víctima, echaba leña a la hoguera de mis rencores, discurriendo mil defectos y fealdades en el carácter de la hermana de Salvador, para deducir que sus angustias le estaban muy bien merecidas. ¡Qué desatinos tan horribles pensé con este motivo! Parece mentira que la exaltación de mi ánimo me llevara hasta los últimos desvaríos, hasta el sacrilegio y la blasfemia.

—Es muy posible —decía yo—, que mis horribles angustias hayan sido causadas por las maldiciones de esa mujer. Al verse engañada habrá pedido a Dios mi castigo, y Dios, no hay duda, hace caso de los hipócritas... ¡Ah, los hipócritas!, ¡perversa raza! Son capaces con sus fingidas lágrimas de engañar al mismo Dios y compelerle a castigar a los buenos.

A estos horrorosos pensamientos hijos de una turbada razón, añadía otros quizás más sacrílegos. Mi enfermedad, que parecía un aviso del cielo, no me había corregido, antes bien, cuando resucité estaba más intolerante, más soberbia, y proyectaba nuevos planes para vencer la tenaz contrariedad de mi destino. Lejos de desconfiar de mis fuerzas y de acobardarme, tenía fe mayor en ellas y me vanagloriaba, suponiendo una inmediata victoria.

—Me han ocurrido tantos desastres —decía—, porque he sido una tonta. Pero ahora... ¡Oh!, ahora yo me juro a mí misma que moriré o le he de atrapar... Iré a Cádiz.

Cuando esto decía, finalizaba julio y la temperatura de Sevilla era irresistible. El médico me ordenó que buscase en la costa aires más templados.

Los franceses se habían establecido ya en Sevilla, donde reinaba un orden perfecto. En toda España, y principalmente en algunos puntos privilegiados de la tragedia, como Manresa y la Coruña, corría la sangre a raudales. Los dos furibundos partidos se herían mutuamente con impía crueldad. Pero los ejércitos de ambas Naciones no habían empeñado ninguna lucha verdaderamente marcial y grandiosa. El nuestro se desbandaba como un rebaño sin pastores y el francés iba ocupando las ciudades desguarnecidas y dominando todo el país sin trabajo y sin heroísmo, sin sangre y sin gloria. Sus victorias eran ramplonas y honradas, su proceder dentro de los pueblos, noble y templado. Era aquel ejército como su jefe, leal y sin genio, un ejército apreciable, compuesto de cien mil buenos sujetos que no conocían el saqueo, pero tampoco la gloria. ¡Detestable suerte la de España!... ¡Haber hecho temblar al coloso y sucumbir ante un hijo del conde de Artois, ante un pobre emigrado de Gante!

¡A Cádiz, a Cádiz! Estas palabras compendiaban todo mi pensamiento en aquellos días. Empecé a disponer mi viaje con gran prisa, y a principios de agosto nada tenía que hacer ya en Sevilla.

Mi belleza recobraba al fin su esplendor. Y no era esto poco triunfo, porque la verdad es que me había quedado como un espectro. ¡Con cuánto alborozo veía yo despuntar de día en día la animación, la gracia, la frescura, la viveza, todos los encantos de mi fisonomía, que iban mostrándose, como flores que se abren al cariñoso amor del Sol! Yo no cesaba de mirarme al espejo para observar los progresos de mi restauración, y casi casi estoy por decir que me encontraba más guapa que antes de mi enfermedad. Perdóneseme este orgullo vano; pero si Dios me hizo así, si me dio hermosura y gracias, ¿por qué no lo he de decir para que lo sepan los que no tuvieron la dicha de conocerme?

El conde de Montguyon se me presentó en el momento de partir para Cádiz. ¡Oh, feliz encuentro! Mi don Quijote, que había sido ascendido a jefe de brigada, me acompañó en casi todo el camino de Sevilla a la costa, mostrándose en extremo orgulloso por creer próximo el momento de mi definitiva conquista, y yo cuidaba no poco de confirmarle en esta creencia, porque quería tenerle muy dispuesto a servirme en negocios difíciles. Hablamos también de política y de la Ordenanza de Andújar, en que Su Alteza recomendaba la mayor templanza a los absolutistas, habiéndoles disgustado por esto. Pero el tema más agradable a mi caballero era el amor.

Según se expresaba, su bello ideal estaba a punto de realizarse. El país ardiente, el territorio pintoresco, la dama hermosa; nada faltaba para que la leyenda fuese completa. Pero yo, esmerándome en fomentar sus esperanzas, era sumamente avara de concesiones. Mi ordenanza de Andújar prescribía también la moderación.

Ya me había yo instalado en el Puerto cuando, apremiada por el conde, le revelé la causa de mis ardientes deseos de penetrar en Cádiz.

—Un hombre —le dije—, que antes poseía mi confianza, administrando los bienes de mi casa; un mayordomo que supo servirme algún tiempo con lealtad para engañarme después con más seguridad, huyó de Madrid, robándome gran cantidad de dinero, muchas alhajas de valor y documentos preciosos. Ese hombre está en Cádiz...

—Pero en Cádiz hay tribunales de justicia, hay autoridades...

—En Cádiz no hay más que un Gobierno expirante que para prolongar su vida entre agonías, se rodea de todos los pillos.

—Sin embargo, señora, un ladrón de semejante estofa no puede ser patrocinado por nadie. Horribles cosas se ven en las guerras civiles; pero nosotros, nosotros los franceses entraremos en Cádiz.

—Esa es mi esperanza.

—¿No tiene usted valimiento con los ministros liberales?

—Ninguno. Mi nombre solo les sonará a proclama realista.

—Entonces...

—Cuento con la protección de los jefes del ejército francés.

—Y con los servicios de un leal amigo... El objeto principal es detener al ladrón.

—¡Detenerle y amarrarle y arrastrarle! —exclamé con furor—. Mas deseo hacer mi justicia a espaldas de los tribunales, porque aborrezco la curia y los pleitos, aun cuando los gane.

—¡Oh!, eso es muy español. Se trata, pues, de cazar a un hombre; ¿por ventura eso es fácil todavía?

—Fácil, no.

—Y para una dama...

—Pero yo no estoy sola. Tengo servidores leales que solo esperan una orden mía para...

—Para matar...

—No tanto —dije riendo—. Esto le parecerá a usted leyenda, novela, romance o lo que quiera; pero no, mis propósitos no son tan trágicos como usted se figura.

—Lo supongo... pero siempre serán interesantes... ¿Ha dejado usted criados en Sevilla?

—Uno tengo a mis órdenes. Le he enviado por delante, y ya está en Cádiz.

—Vigilando...

—Acechando.

—Bien: le seguirá de noche, embozado hasta las cejas; espiará sus acciones, se informará de su método de vida. ¿Y ese criado es fiel?

—Como un perro... Examinemos bien mi situación, señor conde. ¿Se puede entrar en Cádiz?

—Es muy difícil, señora, sobre todo para los que son sospechosos al Gobierno liberal.

—¿Y por mar?

—Ya sabe usted que en la bahía tenemos nuestra escuadra.

—¿Cuándo tomarán ustedes la plaza?

—Pronto. Esperamos a que venga Su Alteza para forzar el sitio.

—¿Y podrán escaparse los milicianos y el Gobierno?

—Es difícil saberlo. Ignoramos si habrá capitulación; no sabemos el grado de resistencia que presentarán los insurgentes.

—¡Oh! —exclamé sin saber lo que decía, obcecada por mis pasiones—. Ustedes los realistas no sirven para esto. Si Napoleón estuviera aquí, amigo mío, mañana, mañana mismo, sí señor, mañana, sería tomada por asalto esa ciudad rebelde y pasados a cuchillo los insensatos que la defienden.

—Me parece demasiado pronto —dijo Montguyon sonriendo—. En fin, comprendo la impaciencia de usted.

—Sí, quien ha sido robada, vilmente estafada, no puede aprobar estas dilaciones que dan fuerza al enemigo. Señor conde, es preciso entrar en Cádiz.

—Si de mí dependiera, señora, esta tarde mandaba dar el asalto —repuso con entusiasmo—. Sorprendería a la guarnición, encarcelaría a los diputados y a las Cortes y pondría en libertad al Rey.

—Ya eso no me importa tanto —dije en tono de conquistador—. Yo entraría al asalto sorprendiendo a la guarnición. Dejaría a los diputados que hicieran lo que les acomodase, mandaría al Rey a paseo...

—Señora...

—Buscaría a mi hombre, revolvería todos los rincones, todos los escondrijos de Cádiz hasta encontrarle... y después que le hallara...

—Después...

—Después, señor conde... ¡Oh!, mi sangre se abrasa...

—En los divinos ojos de usted, Jenara —me dijo—, brilla el fuego de la venganza. Parece usted una Medea.

—No me impulsan los celos —dije serenándome.

—Una Judith.

—Ni la idea política.

—Una...

—Parezca lo que parezca, señor conde, ello es preciso entrar en Cádiz.

—Entraremos.

—¿No sirve usted ahora en el Estado mayor del general Bourmont?

—En él estoy a las órdenes de la que es imán de mi vida —repuso poniendo los ojos en blanco.

—¿Bourmont será nombrado comandante general de Cádiz, luego que la plaza se rinda?

—Así se dice.

—¿Hará usted prender a mi mayordomo?...

—Le haré fusilar...

—¿Me lo entregará usted atado de pies y manos?

—Siempre que no huya antes, sí señora.

—¡Huir! Pues qué, ¿tendrá ese hombre la vileza de huir, de no esperar?...

—El criminal, amiga mía de mi corazón, pone su seguridad ante todo.

—¿No dice usted que hay una especie de escuadra?

—Una escuadra en toda regla.

—¿Pues de qué sirven esos barcos, señor mío —dije de muy mal talante—, si permiten que se escape... Ese?

—Quizás no se escape.

—¿De qué sirve la escuadra? —añadí con la más viva inquietud—. ¿Quién es el almirante que la manda? Yo quiero ver a ese almirante, quiero hablar con él...

—Nada más fácil; pero dudo...

—Me ocurre que si hay capitulación, será más fácil atraparle...

—¿Al almirante?

—No; a... A ese.

—Sin duda. En tal caso se quedaría tranquilo en Cádiz, al menos por unos días.

—Bien, muy bien. Si hay capitulación, arreglo, perdón de vidas y libertad para todos... Señor conde, aconsejaremos al príncipe que capitule... ¡pero qué tonterías digo!

—Está patente en su espíritu de usted la obsesión de ese asunto.

—¡Oh!, sí; no puedo pensar en otra cosa. El caso es grave. Si no consigo apoderarme de ese hombre... No sé... Creo que me costará la vida.

—Yo también le aborrezco... ¡Hombre maldito!... Pero le cogeremos, señora. Me pongo al servicio de este gran propósito con la sumisión de un esclavo. ¿Acepta usted mi cooperación?

Al decir esto me besaba la mano.

—La acepto, sí, hombre generoso y leal, la acepto con gratitud y profundo cariño.

Al decir esto, yo ponía en mi semblante una sensibilidad capaz de conmover a las piedras, y en mis pestañas temblaba una lágrima.

—Y entonces —añadió Montguyon con voz turbada—, cuando nuestro triunfo sea seguro, ¿podré esperar que el hueco que se me destina en ese corazón no sea tan pequeño?

—¿Pequeño?

—Si es evidente, por confesión de él mismo, que ya tengo una parte en sus sublimes afectos, ¿no puedo esperar...?

—¿Una parte? ¡Oh, no!; todo, todo.

El inflamado galán abrió sus brazos para estrecharme en ellos; pero evadí prontamente aquella prueba de su insensato ardor, y poniéndome primero seria y después amable, con una especie de enojo gracioso y virtud tolerante, le dije que ni Zamora ni yo podíamos ser ganadas en una hora. Al decir esto violentos cañonazos me hicieron estremecer y corrí al balcón.

—Son los primeros tiros de las baterías que se han armado para atacar el Trocadero —me dijo el conde.

—¿Y esas bombas van a Cádiz? —pregunté poniendo inmenso interés en aquel asunto.

—Van al Trocadero.

—¿Y qué es eso?

—Un fuerte que está en medio de las marismas.

—¿Y allí están...?

—Los liberales.

—¿Muchos?

—Mil y quinientos hombres.

—¿Palsanos?

—Hay muchos paisanos y milicianos.

—¡Oh!, morirá mucha gente.

—Eso es lo que deseamos. Parece que siente usted gran pena por ello.

—La verdad —repuse, ocultando los sentimientos que bruscamente me asaltaban—, no me gusta que muera gente.

—A excepción de su enemigo.

—Ese... ¿pero estará en el Trocadero?

—¡Quién sabe!... Está usted aterrada, Jenara.

—¡Oh!, yo quiero ir al Trocadero.

—Señora...

—Quiero ir al Trocadero.

—Eso mismo deseamos nosotros —me dijo riendo—, y para conseguirlo, enviaremos por delante algunos centenares de bombas.

—¿Dónde está el Trocadero? —pregunté corriendo otra vez a la ventana.

—Allí —dijo Montguyon asomándose y alargando el brazo.

Hízome explicaciones y descripciones muy prolijas de la bahía y de los fuertes; pero bien comprendí que antes que mostrar sus conocimientos, deseaba estar tan cerca de mí como estaba, aproximando bastante su cabeza a la mía, y embriagándose con el calor de mi rostro y con el roce de mis cabellos.

XXXIII

¡Qué aparato desplegaron contra aquellas fortalezas que se alzan entre charcos salubres y que llevan por nombre el Trocadero! Desde que llegó Su Alteza a mediados de agosto, no hacían más que disparar bombas y balas contra los fuertes, esperando abrir brecha en sus gloriosos muros. ¡Figúrese el buen lector mi aburrimiento! Considere con cuánta tristeza y tedio vería yo pasar día tras día sin más distracción que oír los disparos y ver por las noches las majestuosas curvas de los proyectiles. Me consumía en mi casa del Puerto sin tener noticias del interior de Cádiz, ni esperanzas de poder penetrar en la plaza. Ni parecía aquello guerra formal y heroica como creía yo que debían ser las guerras y como las que vi en mi niñez y en tiempo del Imperio. Casi todo el ejército sitiador estaba con los brazos cruzados: los oficiales paseaban fumando; los soldados hacían menos pesado el tiempo con bailoteo y cantos.

No debo pasar en silencio que el duque del Infantado que llegó de Madrid en aquellos días, me llevó a visitar a Su Alteza, nuestro salvador y el ángel tutelar de la moribunda España por aquellos días. Luis Antonio era un rubio desabrido, cuyo semblante respiraba honradez y buena fe; pero la aureola del genio no circundaba su frente. Fuera de aquel sitio, lejos de aquella deslumbradora posición y con otro nombre, el hijo del conde de Artois habría sido un joven de buen ver; mas no en tal manera que por su aspecto descollase entre la muchedumbre. Para hallar en él lo que realmente le distinguía era preciso que un trato frecuente hiciese resaltar las perfecciones morales de su alma privilegiada, su lealtad sin tacha y aquel levantado espíritu caballeresco sin quijotismo que le hacía tan estimable en la Corte de Francia. Era valiente, humanitario, cortés, afable, puntual y riguroso en el cumplimiento del deber. Si estas cualidades no eran suficientes a formar un gran guerrero, ¿qué importaba? La pericia militar diéronsela sus prácticos generales y nuestros desaciertos, que fueron el principal estro marcial de la segunda invasión.

Angulema me recibió con la más fina delicadeza y urbanidad; pero de todas sus cortesanías la que más me agradó fue la de disponer el asalto del Trocadero.

—¡Al fin, al fin —exclamaba yo—, será nuestro el horrible fuerte que nos abrirá las puertas de Cádiz!

El 19 abrieron brecha; pero hasta la noche del 30 no se dio el asalto, habiéndose guardado secreto sobre esto en los días anteriores, aunque yo lo supe por el conde de Montguyon, que no me ocultaba nada referente a las operaciones. ¡Noche terrible la del 30 al 31 de agosto!, noche que me pareció día por lo clara y hermosa así como por el estrépito guerrero que en ella resonara y las acciones heroicas dignas de ser alumbradas por el Sol!... Apretado fue el lance del asalto, según oí contar, y Su Alteza y el príncipe de Carignan, se portaron bravamente combatiendo como soldados en los sitios más peligrosos. No fue ciertamente el hecho del Trocadero una de aquellas páginas de epopeya que ilustraron el Imperio; fue más bien lo que los dramaturgos franceses llaman *Succés d'estime*, un éxito que no tiene envidiosos. Pero a la Restauración le convenía cacarearlo mucho, ciñendo a la inofensiva frente del duque los laureles napoleónicos; y se tocó la trompa sobre este tema hasta reventar, resultando del entusiasmo oficial que no hubo en Francia calle ni plaza que no llevase el nombre del *Trocadero*, y hasta el famoso arco de la Estrella, en cuyas piedras se habían grabado los nombres de Austerlitz y Wagram, fue durante algún tiempo *Arco del Trocadero*.

Yo me había trasladado a Puerto Real para estar más cerca. En la mañana del 31, cuando vi pasar a los prisioneros hechos en los fuertes, me sentí morir de zozobra. Entre aquellas caras atezadas, a cada instante creía ver la suya. Estuvieron pasando mucho tiempo, porque eran más de mil entre militares y paisanos. Creo que les miré uno por uno; y al fin, cuando ya quedaban pocos, redoblé mi atención. ¡Oh misericordioso Dios, qué estupendas cosas permites! En la última fila, casi solo, más abatido, más quemado del Sol, más demacrado, con los vestidos más rotos que los demás, pasó él, ¡él mismo...!, no podía dudarlo, porque le estaba viendo, viendo, sí, con mis propios ojos arrasados de lágrimas. Llevaba la mano izquierda en cabestrillo hecho con un andrajo, y su paso era inseguro y como dolorido, sin duda por tener lleno de contusiones el cuerpo.

Al verle extendí los brazos y grité con toda la fuerza de mi voz. Mi enamorada exclamación hizo volver la cabeza a todos los que iban delante y a los curiosos que le rodeaban. Él, alzando los amortiguados ojos, me miró con expresión tan triste que sentí partido mi corazón y estuve a punto de desmayarme. Creo que pronunció algunas palabras; pero no oí sino un adiós tan lúgubre como campanada funeral, y movió la mano en ademán de cariñoso saludo, y pasó, desapareciendo con los demás en una vuelta del camino.

Mi primera intención fue correr tras él; pero en la casa me detuvieron. Cuando serenamente me hice cargo de la situación, formé mil proyectos; pero todos los desechaba al punto por descabellados. Pensándolo bien, comprendí que no era tan difícil conseguir su libertad. Me congratulaba de que, al cabo de tantas fatigas, el destino me le presentara prisionero para poder decir con más valor que nunca: —Ahora sí que no se me puede escapar.

XXXIV

Envié recados al conde de Montguyon; pero no se le podía encontrar por ninguna parte. Unos decían que estaba en el Trocadero, otros que en el Puerto, otros que había ido a las fragatas con una comisión. Por último, averigüé con certeza su paradero y le escribí una carta muy cariñosa. Mas pasó un día, pasaron dos y yo me moría de impaciencia, sin poder ver al prisionero ni aun saber dónde le habían llevado. El conde, robando, al fin, un rato a sus quehaceres, vino a verme el día 4. Yo estaba otra vez medio loca y no tenía humor para hacer papeles, sino que espontáneamente dejaba que se desbordasen los sentimientos de mi corazón.

—¡Oh! Cuánto me alegro de ver a usted —le dije—. Si usted no viene pronto, señor conde, me hubiera muerto de pena.

Con estas palabras, que creía dictadas por un vivo interés hacia él, se puso el noble francés un poco chispo, que así denomino yo al embobamiento de los hombres enamorados. Se deshizo en galanterías, a las cuales daba cierto tono de intimidad cargante, y después me dijo:

—Pronto, muy pronto, libertaremos a Su Majestad el Rey de España, y entraremos en Cádiz. El Sol de ese día, señora, ¡cuán alegremente brillará sobre toda España, y especialmente sobre nuestros corazones!

—Mi estimado amigo —indiqué riendo—, no diga usted tonterías.

Él se quedó cortado.

—Basta de tonterías —añadí—, y óigame usted lo que voy a decirle. Ya he encontrado al hombre que buscaba...

—¿Dónde?... ¿cómo?... ¿ese malvado?

—No es malvado.

—¿Cómo no? Me dijo usted que le había robado sus alhajas.

—¡No es ese... por Dios! ¿Cuándo entenderá usted las cosas al derecho?

—Siempre que no se me expliquen al revés.

—He encontrado a ese hombre... Pero entendámonos. ¿No dije a usted que había venido delante de mí un fiel criado de mi casa, el cual entró en Cádiz?...

—¡Ah!, sí... Entró para observar los pasos del ladrón.

—Pues ese fiel criado tiene el defecto de ser algo patriota... ¡debilidades humanas!, y como es algo patriota se puso a pelear en el Trocadero por una causa que no le importaba.

—Ya comprendo, y ha caído prisionero. ¿Le ha visto usted?

—Le vi cuando los prisioneros pasaron por aquí, pero no le he visto más; y ahora, señor conde, quiero que usted me le ponga en libertad.

—Señora, si Cádiz se rinde pronto, como creo, y todo se arregla, espero conseguir lo que usted me pide.

—¡Qué gracia! Para eso no necesito yo de la amistad de un jefe de brigada —dije con enfado—. Ha de ser antes, mañana mismo.

—¡Oh! Señora, usted somete mi amor a pruebas demasiado fuertes.

—¿Quiere usted que dejemos a un lado el amor —le dije poniéndome muy seria—, y que hablemos como amigos?

Montguyon palideció.

—¿Esa persona —me dijo—, interesa a usted tanto que no puede esperar a que concluya la guerra, dando yo mi palabra de que el prisionero será bien atendido?

—No basta que sea atendido —afirmé con resolución—. No basta nada; quiero su libertad; quiero atenderle yo misma, cuidarle, curar sus heridas, tenerle a mi lado, llevarle a sitio seguro...

Me expresé, al decir esto, con vehemencia suma, porque me era ya muy difícil contener mi corazón que iba al galope en busca de las anheladas soluciones. El conde me oía con cierto terror.

—¿Tanto interesa a usted —repitió—, tanto interesa a usted... un criado?

—No es criado.

—¿Tal vez un anciano servidor de la casa?

—No es anciano.

—¿Un joven?... ¿Supongo que no será el ladrón?

—¿Qué ladrón?

—El ladrón de quien usted me habló...

—¡Ah! No me acordaba... Ya no me ocupo de eso.

—¿Abandona usted la empresa de detener y castigar a ese miserable?

—La abandono.

—¡Qué inconstancia!

—Yo soy así.

—Pero ese, ese otro... ¿interesa a usted tanto?...

—Muchísimo.

—¿Es pariente de usted?

—No. Es compañero de la infancia.

—¿Es militar?

—Paisano, señor conde —dije con el tono de severa autoridad que sé emplear cuando me conviene—. Si se empeña usted en ser catecismo, buscaré otra persona más galante y más generosa que sepa prestar un servicio, economizando las preguntas.

—Creo tener algún derecho a ello —repuso con gravedad.

—No tiene usted ninguno —afirmé con desenfado—, porque este derecho yo sola podría darlo, y yo lo niego.

—Entonces, señora —objetó, encubriendo su ira bajo formas urbanas—, he padecido una equivocación.

—Si cree usted que le amo, sí. La equivocación no puede ser más completa.

Montguyon se levantó. Sus ojos, en los cuales se leía el furor mezclado con la dignidad, me dirigieron una mirada, que debía ser la última. Yo corrí a él y tomándole la mano, le rogué que se sentase a mi lado.

—Usted es un caballero —le dije—. Ningún otro ha merecido más que usted mi estimación, lo juro. Dios sabe que al decir esto hablo con el corazón.

—Dios lo sabrá —repuso Montguyon muy afligido—; mas para mí, y de aquí en adelante, las palabras de usted están escritas en el agua.

—Considere usted las que le diga hoy como si estuvieran grabadas en bronce. La que confiesa hechos que no le favorecen, ¿no tiene derecho a ser creída?

—A veces sí. Confiéseme usted que su conducta conmigo no ha sido leal.

—Lo confieso —repliqué bajando los ojos y realmente avergonzada.

—Confiese usted que yo no merecía servir de juguete a una mujer voluntariosa.

—También es cierto y lo confieso.

—Declare usted que ama a otro.

—¡Oh!, sí, lo declaro con todo mi corazón, y si cien bocas tuviera con todas lo diría.

El leal caballero se quedó atónito y espantado. Estaba, como ellos dicen, *foudroyé*. Durante breve rato no me dijo nada, pero yo comprendí su martirio y le tenía lástima. ¡Oh, qué mala he sido siempre!

—Ese hombre... —murmuró Montguyon—, ese hombre...

—Ahora, reconociéndome culpable, reconociéndome inferior a usted —dije—, le autorizo para que me abrume a preguntas, si gusta, y aun para que me eche en cara mi ligereza.

—Ese hombre... —prosiguió el francés—. Perdone usted; pero nada es más curioso que la desgracia. El amor desairado quiere tener miles de ojos para sondear las causas de su desdicha. Ese hombre... ¿quién es?

—Un hombre.

—¿De familia ilustre?

—No señor, de origen muy humilde.

—¿Le ama usted hace tiempo?

—Hace mucho tiempo.

—Él... ¿la ama a usted?

—No estoy muy segura de ello.

—¡Oh! ¡Qué iniquidad! —exclamó con furor el conde—. Es un miserable.

—Un ingrato, y es bastante.

—¿Y a pesar de su ingratitud le ama usted?

—Tengo esa debilidad, que no puedo dominar.

—Aborrézcale usted.

—Si fuera fácil... Difícil cosa es esa.

—¡Es verdad, difícil cosa! —exclamó Montguyon con tristeza—. ¿Y ese hombre?...

—¿Pero hay más preguntas todavía?

—No, ya no más. Me basta lo que sé, y me retiro.

—Se conduce usted como un cualquiera —le dije con verdadero afecto—. Me abandona usted, precisamente cuando mi sinceridad merece alguna recompensa. ¿Será posible que cuando yo empiezo a tener franqueza, deje usted de tener generosidad?

—¡Oh! Señora, toca usted una fibra de mi corazón que siempre responde, aun cuando la hieran con puñal.

—Sí, sí, amigo mío. Usted es generoso y noble en gran manera. Para que la diferencia entre los dos sea siempre grande, para que usted sea siempre un caballero y yo una miserable, págueme usted como pagan en todas ocasiones las almas elevadas. Pues yo me he portado mal, pórtese usted bien conmigo. Haga cada cual su papel. Cumpla usted el precepto que manda volver bien por mal. Así crecerá más a mis ojos; así me abatiré yo más a los suyos; así su generosidad será mayor y mi culpa más grande también, y usted tendrá en su vida una página más gloriosa que la victoria que acaba de alcanzar frente al enemigo.

—Comprendo lo que usted me dice —murmuró el francés, descansando por breve rato su frente en la palma de la mano—. Yo seré siempre digno de mi nombre.

—¡Caballero leal antes, ahora y siempre! —exclamé yo.

—Bien, señora —dijo levantándose y alargándome la mano que estreché cordialmente—. Lo que usted desea de mí es bastante claro.

—Sí.

—Y yo —añadió con manifiesta emoción— empeño mi palabra de honor...

—¡Oh!, lo esperaba, lo esperaba.

—Doy mi palabra de honor de hacer cuanto esté en mi mano para devolver a usted la felicidad, entregándole a su amante.

—Gracias, gracias —exclamé derramando lágrimas de admiración y agradecimiento.

El conde, saludándome ceremoniosamente, se retiró. De buena gana le habría dado un abrazo.

XXXV

¡Qué días pasaron! Yo contaba las horas, los minutos, como si de la duración de ellos dependiese mi vida. Entre españoles y franceses era opinión corriente que la guerra acabaría pronto, que Cádiz expiraba, que las Cortes se morían por momentos. Sin embargo, aún resistía el Gobierno liberal y sus secuaces, como la bestia herida que no quiere soltar su presa mientras tenga un hálito de existencia. Esta constancia no carecía de mérito, y lo tendría mayor si se empleara en causa menos perdida. ¡Qué sacrificio tan inútil! No tenían hombres, porque los alistamientos no producían efecto. No tenían dinero, porque el empréstito que levantaron en Londres produjo... una libra esterlina. Yo creo que si mi espíritu hubiera estado en disposición de admirar algo, habría admirado la perseverancia de aquel Gobierno que no pudo encontrar en toda Europa quien le prestase más de cinco duros.

Mi deseo era que se rindiese todo el mundo, que el Rey y la Nación arreglasen pronto sus diferencias, aunque las arreglaran devorándose mutuamente. Yo quería tener el campo libre para el desenlace de mi campaña amorosa, que veía ya seguro y feliz.

Casi todo Setiembre lo pasaron Angulema y las Cortes en dimes y diretes. Mil recados atravesaban la bahía en un bote; callaban los cañones para que hablaran los parlamentarios. Tales comedias me ponían furiosa, porque no se decidía la suerte de los infelices prisioneros del Trocadero, que habían sido repartidos entre los Dominicos del Puerto y la Cartuja de Jerez.

Montguyon me visitó el 12, para informarme de que había visto al prisionero, cuyo nombre y señas le había dado yo oportunamente.

—Está sumamente abatido y melancólico —me dijo—. Se ha negado a recibir los auxilios pecuniarios que le ofrecí de parte de usted; pero se ha mostrado muy agradecido. Al oír que Jenara tenía gran empeño en conseguir su libertad, pareció muy turbado y conmovido, pronunciando palabras sueltas cuyo sentido no pude comprender.

—¿Y no desea verme?

—Parece que lo desea ardientemente.

—¡Oh! ¡Estas dilaciones son horribles! ¿Y qué más dijo?

—Cosas tristes y peregrinas. Afirma que desea la libertad para conseguir por ella el destierro.

—¡El destierro!

—Dice que aborrece a su país y que la idea de emigración le consuela.

—Le conozco, sí... Esa idea es suya.

Otras cosas me dijo el conde; pero se referían al trato que se daba a los prisioneros y a las excepciones ventajosas que él estableciera en beneficio de mi amado. ¡Cuánto le agradecí sus delicadezas! Mientras viva tendré buenos recuerdos de hombre tan caballeroso y humanitario.

Interrumpidos los tratos por la terquedad de las Cortes, tomó de nuevo la palabra el cañón, y el día 20 fue ganado por los franceses con otro brioso asalto, el castillo de Santi-Petri. Después de este hecho de armas, Angulema habló fuerte a los tenaces liberales, pegados como lapas a la roca constitucional, y les amenazó con pasar a cuchillo a toda la guarnición de Cádiz, si Fernando VII no era puesto inmediatamente en libertad. El 26 se sublevó contra la Constitución el batallón de San Marcial, que guarnecía la batería de Urrutia en la costa; y la armada francesa, secundando el fuego de las baterías del Trocadero, arrojaba bombas sobre Cádiz. No era posible mayor resistencia. Era una tenacidad que empezaba a confundirse con el heroísmo, y la Constitución moría como había nacido, entre espantosa lluvia de balas, saludada en su triste ocaso, como en su dramático oriente, por las salvas del ejército francés.

Por fin llegaba el anhelado día.

—Habrá perdón general —decía yo para mí—. Todos los prisioneros serán puestos en libertad. Huiremos. ¡Cuán grato es el destierro! Comeremos los dos el dulce pan de la emigración, lejos de indiscretas miradas, libres y felices fuera de esta loca patria perturbada donde ni aun los corazones pueden latir en paz.

Montguyon me trajo el 29 muy malas noticias.

—El duque ha resuelto poner en libertad a todos los prisioneros de guerra. Pero...

—¿Pero qué?

—Ha dispuesto que sean entregados a las autoridades españolas los individuos que en Cádiz desempeñaban comisiones políticas.

—¿Él está comprendido?

—Sí señora. Desgraciadamente se tienen de él las peores noticias. Había recorrido los pueblos alistando gente por orden de Calatrava; había venido desde Cataluña con órdenes de Mina para realizar asesinatos de franceses. Había organizado las partidas de gente soez que en el tránsito de Sevilla a Cádiz insultaron a Su Majestad.

—¡Oh, eso es falso, falso, mil veces falso! —exclamé sin poder contener mi indignación.

Y en efecto, tales suposiciones eran infames calumnias.

—Ha llegado al Puerto de Santa María —añadió Montguyon— el señor don Víctor Sáez, secretario de Estado, ¿por qué no le ve usted?

—No quiero nada con hombres de ese jaez —repuse con enojo—. Usted me ha dado su palabra de honor, usted ha empeñado su nombre de caballero, y con usted solo debo contar. ¡Oh!, señor conde, si mi prisionero es entregado a la brutalidad de las autoridades españolas, sedientas hoy de sangre y de venganza, sospecharé que usted me hace traición.

Palideció el caballero francés. Dirigiéndome una mirada desdeñosa, me dijo al despedirse:

—Todavía, señora, no sabe usted quién soy yo.

A pesar de mis propósitos determiné visitar a Sáez, porque bueno es tener amigos aunque sea en el infierno. Vencí mis recientes antipatías, y tomando un coche me encaminé al Puerto de Santa María. Era el 1.º de octubre, día solemne en los fastos españoles.

Hallé al buen canónigo más soplado y presuntuoso que nunca, como todo aquel que se ve en alturas a donde nunca debió llegar; pero contra lo que yo esperaba, recibiome afablemente y no me dijo una sola palabra acerca de mi conversión al absolutismo. Parecía olvidado de estas pequeñeces, y ocuparse tan solo, como Jiménez de Cisneros, en los negocios públicos de ambos mundos.

—Hoy es día placentero, señora, día feliz, entre todos los días felices de la tierra —me dijo—. Su Majestad don Fernando, ese ilustre mártir de los excesos revolucionarios es ya libre.

—¿Ya?

—Hoy nos le entregan. Al fin han comprendido esos locos que su resistencia les podría costar muy cara, pero muy cara. El duque tiene malas moscas.

—Felicitémonos, señor don Víctor —dije con afectado entusiasmo—, de esta solución lisonjera. España y el mundo están de enhorabuena. Mas para que se completara la dicha, convendría que tantas y tan graves heridas no se ensañasen con la venganza y la crueldad del partido vencedor, y que un generoso olvido de los errores pasados inaugurase la venturosa era que empieza hoy.

—Así será, señora —repuso sonriendo de un modo que me pareció algo hipócrita—. Su Majestad ha dado ayer en Cádiz un manifiesto en que ofrece perdonar a todo el mundo y no acordarse para nada de los que le han ofendido. ¡Cuánta magnanimidad! ¡Cuánta nobleza!

—¡Oh!, sí, conducta digna de un descendiente de cien Reyes, digna de quien da el perdón y del pueblo que la recibe. Si Fernando cumple lo que promete, será grande entre todos los Reyes de España.

—Lo cumplirá, señora, lo cumplirá.

Aunque no tenía gran confianza en las afirmaciones de Sáez, di crédito a estos propósitos por creerlos inspiración del duque de Angulema.

Invitome luego a presenciar el desembarco de Su Majestad, a lo que accedí muy gustosa. Nos trasladamos al muelle, y habiendo sido colocada por un oficial francés en sitio muy conveniente para ver todo, presencié aquel acto que debía ser uno de los más notables recodos, uno de los más bruscos ángulos de la historia de España en el tortuoso siglo presente.

¡Espectáculo conmovedor! La regia falúa, cuyo timón gobernaba el almirante Valdés, uno de los más gloriosos marinos de Trafalgar, se acercaba al muelle. En ella venía toda la familia real, la Monarquía histórica secuestrada por el liberalismo. La conciliación ideada por cabezas insensatas era imposible, y aquellos regios rehenes que la Nación había tomado eran devueltos al absolutismo, contra el cual no podían prevalecer aún los infiernos de la demagogia. En una lancha volvían del purgatorio constitucional las ánimas angustiadas del Rey y los príncipes.

Mientras el victorioso despotismo recobraba sus personas sagradas, allá lejos sobre la gloriosa peña inundada de luz y ceñida por coronas de blancas olas, los pobres pensadores desesperados, los utopistas sin ilusiones, los desengañados patricios lloraban sus errores, y buscando hospitalidad en naves extranjeras, se disponían a huir para siempre de la patria a quien no habían podido convencer.

Así acaban los esfuerzos superiores a la energía humana, las luchas imposibles con monstruos potentes de terribles brazos, y que hunden en el suelo sus patas para estar más seguros, como hunde sus raíces el árbol. Tal era la contienda con el absolutismo. Querían vencerle cortándole las ramas, y él retoñaba con más fuerza. Querían ahogarle, y regándole daban jugo a sus raíces. ¡A vosotros, oh venideros días del siglo, tocaba atacarlo en lo hondo, arrancándolo de cuajo!... Pero advierto que estoy hablando la jerga liberal. ¡Qué horror! Verdad es que escribo veinte años después de aquellos sucesos; que ya soy vieja, y que a los viejos como a los sabios se les permite mudar de parecer.

Fernando puso el pie en tierra. Dicen que al verse en suelo firme dirigió a Valdés una mirada terrible, una mirada que era un programa político, el programa de la venganza. Yo no lo vi; pero debió de ser cierto, porque me lo dijo quien estaba muy cerca. Lo que sí puedo asegurar es que Angulema hincando en tierra la rodilla besó la mano al Rey, que luego se abrazaron todos, que don Víctor Sáez lloraba como un simple, y que los vivas y las exclamaciones de entusiasmo me volvieron loca. Los franceses gritaban, los españoles gritaban también, celebrando la feliz resurrección de la Monarquía tradicional y la miserable muerte del impío constitucionalismo. El glorioso imperio de las *caenas* había empezado. Ya se podía decir con toda el alma:

—¡Viva el Rey absoluto! ¡Muera la Nación!

XXXVI

Faltaba la solución mía. Mi corazón estaba como el reo cuya sentencia no se ha escrito todavía. El 1.º de octubre por la tarde y el día 2 hice diligencias sin fruto, no siéndome posible ver a Sáez ni a Montguyon, a quien envié frecuentes y apremiantes recados. Ninguna noticia pude adquirir tampoco de los prisioneros. Creo que me hubiera repetido el ataque cerebral que padecí en Sevilla, si en el momento de mi mayor desesperación no apareciese mi generoso galán francés a devolverme la vida. Estaba pálido y parecía muy agitado.

—Vengo de Cádiz —me dijo—. Dispénseme usted si no he podido servirla más pronto.

—¿Y qué hay? —pregunté con la vida toda en suspenso.

—Deme usted su mano —dijo Montguyon ceremoniosamente.

Se la di y la besó con amor.

—Ahora, señora, todo ha acabado entre nosotros. Mi deber está cumplido, y mi deber es perdonar, pagando las ofensas con beneficios.

Yo me sentía muy conmovida y no pude decirle nada.

—Ni un momento he dudado de su nobleza e hidalguía —indiqué con acento de pura verdad—. A veces tropezamos en la vida con el bien y pasamos sin verlo. Señor conde, mi gratitud será eterna.

—No quiero gratitud —díjome con mucha tristeza—. Es un sentimiento que no me gusta recibido, sino dado. Deseo tan solo un recuerdo bueno y constante.

—¡Y una amistad entrañable, una estimación profunda! —exclamé derramando lágrimas.

—Todo está hecho.

—¿Conforme a mi deseo...? ¡Bendito sea el momento en que nos conocimos!

—Señora, su prisionero de usted está sano y salvo a bordo de la corbeta *Tisbe* que parte esta tarde para Gibraltar.

—¿Y cómo?...

—Por sus antecedentes debía ser condenado a muerte. Otros menos criminales subirán al cadalso, si no se escapan a tiempo. Yo le saqué anoche furtivamente de los Dominicos y le embarqué esta mañana. Ya no corre peligro alguno. Está bajo la salvaguardia del noble pabellón inglés.

—¡Oh, gracias, gracias!

—Además del servicio que a usted presto, creo cumplir un deber de conciencia arrancando una víctima a los feroces ministros del Rey de España.

—¿Pues qué —pregunté con asombro—, ¿Su Majestad no ha ofrecido en su Manifiesto de Cádiz perdonar a todo el mundo?

—¡Palabras de Rey prisionero! Las palabras del déspota libre son las que rigen ahora. Su Majestad ha promulgado otro decreto que es la negra bandera de las proscripciones, un programa de sangre y exterminio. Innumerables personas han sido condenadas a muerte.

—Esto es una infamia... pero en fin, ¿él está en salvo...?

—En salvo.

—Y sabe que me lo debe a mí... Sabe que yo... ¡Oh!, señor conde, no extrañe usted mi egoísmo. Estoy loca de alegría, y puedo repetir con toda mi alma: «ahora sí que no se me puede escapar.»

—Sabe que a usted lo debe todo, y espera abrazarla pronto.

—¿Cómo?

—Muy fácilmente. Comprendiendo que usted desea ir en su compañía, he pedido otro pasaporte para doña Jenara de Baraona.

—De modo que yo...

—Puede embarcarse usted esta tarde antes de las cuatro a bordo de la *Tisbe*.

—¿Es verdad lo que oigo?

—Aquí está la orden firmada por el almirante inglés. Me la ha dado juntamente con las que ponen en salvo a los ex-regentes Císcar y Valdés, impíamente condenados a muerte por el Rey.

—¡Oh... Soy feliz, y todo lo debo a usted!... ¡Qué admirable conducta!

Sin poder contenerme, caí de rodillas, y con mis lágrimas bañé las generosas manos de aquel hombre.

—Así castigo yo —me dijo levantándome—. Prepárese usted. A las tres y media vengo a buscarla para conducirla a bordo del bote francés que me han facilitado dos guardias marinos, parientes míos.

El conde se retiró recomendándome otra vez que estuviera pronta a las tres y media. Era la una.

Ocupeme con febril presteza de preparar mi viaje. Estaba resuelta a abandonar todo lo que no nos fuera fácil llevar. Mariana y yo trabajamos como locas, sin darnos un segundo de reposo.

La felicidad se desbordaba en mi alma. Me reía sola... Pero ¡ay!, una idea triste conturbó de súbito mi mente. Acordeme de la pobre huérfana viajera, y esto produjo en mi espíritu una detención dolorosa en su raudo y atrevido vuelo... Pero al mismo tiempo sentía que los rencores huían de mi corazón siendo reemplazados por sentimientos dulces y expansivos, los únicos dignos de la privilegiada alma de la mujer.

—Perdono a todo el mundo —dije para mí—. Reconozco que hice mal en engañar a aquella pobre muchacha... Todavía le estará buscando... Pero yo también le he buscado, yo también he padecido horriblemente... ¡Oh! ¡Dios mío! Al fin me das respiro, al fin me das la felicidad que tanto he buscado y que no pude obtener a causa sin duda de mis atroces faltas... La felicidad hace buenos a los malos, y yo seré buena, seré siempre buena... Esta tarde, cuando le vea, le pediré perdón por lo que hice con su hermana... ¡Oh!, ahora me acuerdo de la marquesa de Falfán y torno a ponerme furiosa... No, eso sí que no puede perdonarse, ¡no!... Tendrá que darme cuenta de su vil conducta... Pero al fin le perdonaré. ¡Es tan dulce perdonar!... Bendito sea Dios que nos hace felices para que seamos buenos.

Esto y otras cosas seguía pensando, sin cesar de trabajar en el arreglo de mi equipaje. Miraba a todas horas el reloj que era también de *cucú*, como el de aquella horrible noche de Sevilla; pero el pájaro de Puerto Real me era simpático y sus saluditos y su canto regocijaban mi espíritu.

Dieron las tres. Una mano brutal golpeó mi puerta. No había dado yo la orden de pasar adelante cuando se presentaron cuatro hombres, dos paisanos y dos militares. Uno de los paisanos llevaba bastón de policía. Avanzó hacia mí. ¡Visión horrible!... Yo había visto al tal en alguna parte. ¿Dónde? En Benabarre.

Aquel hombre me dijo groseramente:

—Señora doña Jenara de Baraona, dese usted presa.

En el primer instante no contesté, porque la estupefacción me lo impedía. Después, rugiendo más bien que hablando, exclamé:

—¡Yo presa, yo!... ¿Quién lo manda?

—De orden del excelentísimo señor don Víctor Sáez, ministro universal de Su Majestad.

—¡Vil! ¡Tan vil tú como Sáez! —grité.

Yo no era mujer, era una leona.

Al ver que se me acercaron dos soldados y asieron mis brazos con sus manos de hierro, corrí por la estancia. No buscaba mi salvación en cobarde fuga; buscaba un cuchillo, un hacha, un arma cualquiera... Comprendía el asesinato. Mi furor no tenía comparación con ningún furor de hombre. Era furor de mujer. No encontré ninguna arma. ¡Dios vengador! Si la encontrara, aunque fuera un tenedor, creo que habría matado a los cuatro. Un candelabro vino a mis manos; tomelo y al instante la cabeza de uno de ellos se rajó... ¡Sangre! ¡Yo quería sangre!

Pero me atenazaron con sus salvajes brazos... ¡Presa, presa!... Todos mis afanes, todos mis sentimientos, todos mis deseos se condensaban en uno solo: tener delante a don Víctor Sáez para lanzarme sobre él, y con mis dedos teñidos de sangre, sacarle los ojos.

No pudiendo hundir mis dedos en ajenos ojos, los volví contra los míos...
Clavelos en mi cabeza, intentando agujerearme el cráneo y sacarme los
sesos. Mi aliento era fuego puro.

Lleváronme... ¿qué sé yo a dónde? Por el camino... ¡oh Satán mío!, ¡oh
demonio injustamente arrojado del Paraíso!... Sentí el disparo de la corbeta
inglesa al darse a la vela.

FIN DE LOS CIEN MIL HIJOS DE SAN LUIS
MADRID, febrero de 1877.

Libros a la carta

A la carta es un servicio especializado para

empresas,

librerías,

bibliotecas,

editoriales

y centros de enseñanza;

y permite confeccionar libros que, por su formato y concepción, sirven a los propósitos más específicos de estas instituciones.

Las empresas nos encargan ediciones personalizadas para marketing editorial o para regalos institucionales. Y los interesados solicitan, a título personal, ediciones antiguas, o no disponibles en el mercado; y las acompañan con notas y comentarios críticos.

Las ediciones tienen como apoyo un libro de estilo con todo tipo de referencias sobre los criterios de tratamiento tipográfico aplicados a nuestros libros que puede ser consultado en Linkgua-ediciones.com.

Linkgua edita por encargo diferentes versiones de una misma obra con distintos tratamientos ortotipográficos (actualizaciones de carácter divulgativo de un clásico, o versiones estrictamente fieles a la edición original de referencia).

Este servicio de ediciones a la carta le permitirá, si usted se dedica a la enseñanza, tener una forma de hacer pública su interpretación de un texto y, sobre una versión digitalizada «base», usted podrá introducir interpretaciones del texto fuente. Es un tópico que los profesores denuncien en clase los desmanes de una edición, o vayan comentando errores de interpretación de un texto y esta es una solución útil a esa necesidad del mundo académico.

Asimismo publicamos de manera sistemática, en un mismo catálogo, tesis doctorales y actas de congresos académicos, que son distribuidas a través de nuestra Web.

El servicio de «libros a la carta» funciona de dos formas.

1. Tenemos un fondo de libros digitalizados que usted puede personalizar en tiradas de al menos cinco ejemplares. Estas personalizaciones pueden ser de todo tipo: añadir notas de clase para uso de un grupo de estudiantes,

introducir logos corporativos para uso con fines de marketing empresarial, etc. etc.

2. Buscamos libros descatalogados de otras editoriales y los reeditamos en tiradas cortas a petición de un cliente.

www.ingramcontent.com/pod-product-compliance
Lightning Source LLC
Chambersburg PA
CBHW050852180626
46814CB00007B/2729